DIEGO ZÚÑIGA
Tierra de campeones

RANDOM HOUSE

Papel certificado por el Forest Stewardship Council®

Primera edición en Mapa de las Lenguas: febrero de 2024

© 2023, Diego Zúñiga
c/o Indent Literary Agency
© 2023, Penguin Random House Grupo Editorial, S.A., Santiago de Chile
© 2024, Penguin Random House Grupo Editorial, S.A.U.
Travessera de Gràcia, 47-49. 08021 Barcelona

*La escritura de este libro fue financiada por los Fondos
de Cultura, Beca de Creación, Convocatoria 2020,
del Ministerio de las Culturas, las Artes y el
Patrimonio de Chile*

Printed in Spain – Impreso en España

ISBN: 978-84-397-4210-4
Depósito legal: B-17.774-2023

Impreso en Liberdúplex (Sant Llorenç d'Hortons, Barcelona)

RH 4 2 1 0 4

A Lorena, que me enseñó a mirar bajo el mar

Porque todo lo que se pierde va a dar al mar.

BÁRBARA DÉLANO

*El agua devuelve
lo que no le pertenece.*

ALICIA GENOVESE

AQUÍ EMPIEZA EL MAR

Aprendimos a nadar en el río.

Fue uno de esos veranos antes de que se desbordara el Loa, cuando se llevó al primo de Herrera y a esa familia que no alcanzamos a conocer: una pareja joven, ella embarazada, un par de meses, habían ido a probar suerte a Calama pero se los tragó el río. Tuvimos que aceptar, después de la catástrofe, la prohibición de acercarnos, buscar en otros lugares la forma de perder el tiempo o acortarlo, cualquier estrategia era útil para no aburrirnos en verano, en medio de esas calles de tierra, el polvo que se nos pegaba en

vían más intensas en febrero: las lluvias hacían su trabajo, convertidas en un torrente que aumentaba el caudal y aprovechábamos ese viaje, ese invierno boliviano que nunca vimos, pero que para nosotros era eso y sólo eso: un poco más de agua donde nadar, un poco más de agua en un río que durante casi todo el año era un pedazo de tierra pantanosa, una grieta en medio del desierto.

Nadábamos en las zonas más profundas, en medio de los roqueríos que se formaban, pequeñas pozas donde podíamos hundirnos y desaparecer. Fue en ese lugar, una tarde en que nos dejaron solos, cuando descubrimos que Martínez era capaz de aguantar la respiración bajo el agua un tiempo que nos pareció al comienzo asombroso y luego sobrenatural.

Empezó como un juego —quién aguantaba más tiempo bajo el agua— y después se transformó en una competencia que nos mantuvo toda la tarde en el río, sin hacer nada más que eso: respirar profundo, taparnos la nariz y hundirnos hasta que se volvía insostenible estar así, bajo el agua, en la oscuridad, con los ojos cerrados, en una escena en que nos veíamos indudablemente ridículos, pero que interpretábamos con la mayor seriedad posible, pues nadie quería salir primero a la superficie, humillado por no haber resistido más tiempo.

La primera vez que lo hicimos, nos hundimos los siete —el hermano chico de Parra, el Mudo, se quedó contando el tiempo en voz alta— y el que más resistió fue Castro —un minuto y veintidós segundos—, seguido de Molina —un minuto y diecisiete— y después el Rojo Araya —un minuto y once segundos—, que empató con Martínez, quien salió del agua tosiendo. Los demás no fuimos capaces de aguantar mucho ahí abajo: como si el tiempo se detuviera, el silencio te aísla y sólo escuchas, por momentos, el fluir del agua a lo lejos, muy a lo lejos, como si estuvieras suspendido en el vacío. Sólo el sonido de las burbujas que van ascendiendo a la superficie te distrae; el tiempo detenido era así, la presión del agua en los oídos, el miedo a abrir los ojos y la sensación real, por primera vez, de la muerte convertida en ese aire con el cual nos llenamos los pulmones. La muerte era eso: tener conciencia de que aquello se podía acabar, de que apenas el aire fuera insuficiente tú te perdías en un lugar del que probablemente nunca regresarías.

Abrir los ojos bajo el agua era entender que uno se iba a morir, pero ninguno fue capaz de decirlo en voz alta. Parra quedó tan picado que propuso que lo intentáramos de nuevo —sin hacer trampa, dijo—, y entonces descubrimos lo de Martínez.

Llenamos los pulmones de aire —en una coreografía exagerada—, nos tapamos la nariz y nos sumergimos al unísono, obsesionados con humillar

darnos para siempre allá abajo, Martínez iba a resistir más de tres minutos, eso contabilizaba el hermano chico de Parra, 217 segundos que nos parecieron una eternidad imposible radicada en aquel cuerpo que a esa altura veíamos flotar boca abajo, con los brazos completamente extendidos, como si fuera un muerto que escupió el río frente a nosotros.

Creo que fue el Rojo Araya quien no aguantó más, lo tomó de los hombros y lo levantó, rápido. Martínez, ya fuera del agua, abrió los ojos y dio una larga, larguísima bocanada. Nos miró y, ya con aire nuevo en los pulmones, se empezó a reír fuerte. Eran carcajadas que ninguno de nosotros entendía, hasta que Molina le tiró agua en la cara y le dijo que no fuera imbécil, que nos dio miedo, que pensamos que estaba muerto.

Martínez siguió riéndose un rato y después se fue a nadar río adentro, solo, mientras atardecía. Jugamos un par de veces más pero ya sin él, que nos miraba desde lejos.

Al día siguiente, cuando llegamos al río, a eso de las tres de la tarde, Martínez llevaba un par de horas nadando solo. Después de un rato nos preguntó si queríamos jugar de nuevo a lo de aguantar la respiración. Ninguno estuvo muy convencido, excepto Castro, que buscaba una revancha. Pero Martínez lo volvió a hacer. Incluso, se dio el lujo de resistir más: 245 segundos, sin mayor esfuerzo. Levantó la cabeza, sonrió y continuó nadando y sumergiéndose, mientras nosotros nos mirábamos incrédulos, sin entender muy bien qué tenía dentro de los pulmones como para resistir tanto tiempo bajo el agua. Sentíamos que era un poder sobrenatural y queríamos utilizarlo. Ya no sacábamos nada con competir entre nosotros. Era aburrido. Necesitábamos que todo el mundo conociera el talento de Martínez.

Fue Castro, probablemente, el que echó a correr la voz y un par de días después llegó su hermano de dieciocho con unos amigos al río, dispuestos a competir con Martínez. Eran mucho mayores que nosotros y ya conocían el mar. Habían nadado en las playas de Antofagasta y en las de Iquique. Era una competencia desigual, pero confiábamos en Martínez, lo habíamos visto resistir más de cuatro minutos, nadie podría vencerlo.

El primer intento fue empate: aguantaron 211 segundos él y Rodríguez, hijo de pescadores, buzo, que salió del agua con los ojos rojos y estuvo tosiendo un buen rato, mientras Martínez respiraba hondo y trataba de mantener la calma. Nosotros lo alentábamos, palmoteándole la espalda, la cabeza, como si fuera un boxeador en la esquina del ring, vamos, vamos, que ganamos, le decíamos.

El segundo intento fue paliza: Rodríguez perma-

sin ningún control. Era preocupante: Martínez no se recuperaba del todo y Rodríguez seguía flotando boca abajo, los brazos extendidos, tranquilo, como en una pausa eterna.

Quedaba el tercer intento. Si Martínez ganaba, habría desempate. Si no, todo estaba perdido. Iban a empezar, cuando escuchamos los gritos. La mamá de Parra lloraba en la orilla del río y decía algo que nadie lograba entender. Se movía de un lado hacia otro, agitando los brazos, un balbuceo imposible, descontrolado. Un hombre trató de calmarla, pero ella lo empujó. Seguía gritando. No había forma de descifrar qué ocurría hasta que apareció Parra: su hermano chico, el Mudo, no estaba en ninguna parte. Lo habían visto en la orilla y después nada: el Mudo no está, se metió al agua y desapareció, gritaba Parra, y eso fue lo que nos hizo reaccionar.

Empezamos a buscarlo por todos lados, los mayores se tiraron al agua y los demás rastreábamos entre los arbustos y las rocas, pero no aparecía, no estaba en ninguna parte, hasta que vimos que Martínez se sumergió por un largo rato, nadando por el fondo del río, y salió con el cuerpo. El Mudo: inconsciente, débil, violáceo, recuerdo eso, ese cuerpo, esas manchas y Martínez sosteniéndolo en brazos, a duras penas, y dejándolo en la orilla, como pidiendo perdón por no haberlo encontrado antes.

Alguien le hizo respiración boca a boca y le golpeó el pecho una y otra vez, tratando de reanimarlo, ese cuerpo pequeño, todos a su alrededor, dando ánimos a los mayores, que no conseguían traerlo de vuelta. La mamá de Parra ya no gritaba: se había puesto a vomitar al borde del río, mientras alguien fue a buscar un médico a la ciudad. Pero la vida estaba ahí, dependiendo de esos primeros auxilios, frente a nosotros, el Mudo y la muerte, los golpes en el pecho, la respiración boca a boca, alguien sosteniéndole una de sus manos, los signos vitales completamente perdidos, más golpes en el pecho y esos pulmones llenos de agua, todos sin poder ayudarlo. Parra sostenía a su madre y nosotros, en silencio, mirábamos cómo los mayores trataban de regresarlo; era uno de los nuestros yéndose así, rápido, frente a nuestros ojos, inútiles todos, mudos como él, mientras le seguían golpeando el pecho y no reaccionaba, los pulmones llenos de agua, esa agua que sólo la iba a escupir después de muchos intentos, cuando ya pensábamos que todo estaba perdido, el agua de los pulmones y los pulmones llenos de aire fresco, vivos, ruidosos, al lado de ese corazón que parecía a punto de explotar, lo escuchábamos nosotros, entre medio de los gritos y la celebración por haberlo regresado a la vida. El corazón. Los golpes. El Mudo.

después iba a ser solo una anécdota de verano, esas historias que a veces, aburridos, nos íbamos a contar con todos los detalles posibles, una historia que se iba a deformar con el tiempo, a pesar de mantener siempre intacto ese momento esplendoroso en que Martínez sale del agua sosteniendo el cuerpo del Mudo, aquel cuerpo sin vida, pues en ese preciso instante, como dirían los médicos después, ese niño, en los brazos de Martínez, estaba muerto, clínicamente muerto, aunque no lo sabíamos, no queríamos creerlo pero así fue, esos pulmones llenos de agua que explotaron para dar paso al aire nuevo en medio de nuestros gritos, de eso nos acordábamos siempre, de nuestros gritos de alegría y de la mamá de Parra llorando con sus hijos, abrazados los tres. La señora Lucrecia, así se llamaba. Le daba besos en toda la cara, en la frente, en las mejillas, en los ojos, en la boca, lo besaba, descontrolada, al Mudo y también a Parra, como si fueran todo lo que tuviera en su vida.

Nadie sabía muy bien cómo había llegado esa fotografía a su pieza, pero estaba ahí desde que lo conocimos: Arturo Godoy —vestido de negro, un gorro de lana, los puños firmes, preparados— trotando en medio de la nieve, en un pueblo perdido de Estados Unidos. Atrás suyo, unas casas pequeñas, un árbol desnudo y más allá un bosque. Pero lo que realmente nos llamaba la atención de esa imagen era un hombre que mira, a la distancia, trotar a Arturo Godoy, a ese iquiqueño que medía un metro noventa y pesaba casi cien kilos. El hombre está justo al borde de la foto-

algunos aseguraban que lo había reconocido, ¿por qué no? Era Arturo Godoy, uno de los diez mejores boxeadores del mundo, el que había brillado en muchos de los cuadriláteros más importantes de Estados Unidos, ese iquiqueño imbatible que podía resistir golpes como un saco de papas y que seguramente por esos días nevados se preparaba para enfrentar a Joe Louis, el título mundial de los pesos pesados, eso estaba en juego, y por eso la mirada de Godoy en la foto parece tan concentrada, porque sabe que unas semanas después, en el Madison Square Garden, se jugaría la vida ante esa bestia de Detroit, el bombardero, el mejor del mundo.

Lo curioso, sin embargo, de esa fotografía en la pieza de Martínez, es que su boxeador favorito no era Arturo Godoy sino el Tani Loayza, elección, en ese entonces, bastante arriesgada, pues todos los niños de aquellos años queríamos ser como Arturo, pelear con esa entereza, resistir los embates sin llorar, nunca. Lo del Tani Loayza era de otra época, una excentricidad, básicamente. No había registro de sus peleas, sólo el relato que nos podían contar los pocos que alguna vez lo vieron en Iquique o en Antofagasta: relatos de quienes aseguraban haber estado ante el mejor boxeador chileno de todos los tiempos, desbordados, entusiastas, épicos, siempre, esos relatos. Martínez creía en ellos y, de hecho, se había aprendido de memoria algunos para luego contarlos con ese mismo entusiasmo, con ese mismo desborde. Contaba, de hecho, que alguna vez su papá le había mostrado un video en el que salía el Tani peleando en Nueva York. No sabíamos cómo lo había conseguido ni menos dónde lo habían visto, pero Martínez hablaba de una grabación de varios minutos, de ese registro, con la seguridad del narrador que ha estudiado el material hasta hacerlo parte de su propia experiencia, un pedazo de vida, un recuerdo quizá, por último un sueño. Martínez hablaba como si hubiera estado ahí, en el Madison Square Garden, en Nueva York, aquella noche del 17 de mayo de 1926, cuando Estanislao Loayza enfrentó al boxeador estadounidense, de origen griego, Phil McGraw. Describía los movimientos del Tani, la forma en que esquivaba al gringo, agachado, esa curvatura describía, como una jirafa que recién está aprendiendo a caminar, decía Martínez, el Tani se movía así, agachado, encorvado, pero nadie le entendía la comparación porque nadie —y seguro que Martínez tampoco— había visto una jirafa en su vida, y menos una jirafa recién nacida, imposible, en Calama no había animales de esa envergadura, quizá habíamos visto alguna vez un elefante en el circo y un par de leones modestos, famélicos, realmente muertos de hambre, pero de una jirafa ni hablar, así que ahí tambaleaba el relato de Martínez, tambalea-

l l l · f · ·· ·· ··ú·· ál ·· ······ó ·l Tani

hacer pie y que el gringo le daba duro, buscando el knock out, acabar con todo de una buena vez.

Ya en ese entonces, para esa pelea, todos sabían de qué estaba hecho el Tani Loayza. Un año antes había vivido una noche mítica, el 13 de julio de

1925, cuando enfrentó a Jimmy Goodrich por el título mundial. Esa pelea también la contaba Martínez, pero sin tantos detalles, sin aquella épica que merecería el relato, pues esa noche el Tani estuvo a un paso de la gloria, esa noche el Tani perdió por un error arbitral; le pisó el pie, decía Martínez, le pisó el pie ese árbitro de mierda, Ed Smith, un exboxeador de peso pesado, más de cien kilos, imagínense, y le fracturó el tobillo, por eso perdió el Tani, repetía Martínez, si no, hubiera sido campeón del mundo, el mejor de todos, pero Jimmy Goodrich se aprovechó de su lesión, el Tani cojeaba y resistía, esquivaba los golpes, sin embargo el gringo no tuvo compasión y lo derribó finalmente, el Tani no pudo resistir, cojeaba, ese tobillo, no podía, decía Martínez mientras empuñaba ambas manos frente a sus ojos y hacía como que esquivaba esos golpes imaginarios, los golpes de Goodrich que acabaron con el Tani, con el primer boxeador chileno que llegaba a pelear por un título mundial en el imponente Madison Square Garden.

Años después nos enteraríamos de que el árbitro nunca pisó al Tani, sino que este se enredó con la lona y se fracturó solo el tobillo, pero cuando supiéramos eso, cuando esa información empezara a circular, ya ninguno de nosotros viviría en Calama y habrían pasado muchos años sin noticias de Martínez. En todo caso, seguro que él hubiera defendido el relato del Tani: ese pisotón, ese final injusto, chileno.

A pesar de todo, no había foto de Estanislao Loayza en la pieza de Martínez, pero sí de Arturo Godoy, y al lado de esa imagen, como si fuera otro de sus ídolos, un retrato de su padre, de Luis Pedro Martínez: un hombre bajo, el pelo negro, alborotado, sonriente, a los pies de la cabina de un camión rojo. Se supone que arriba de ese camión había recorrido casi todo Chile, hasta Punta Arenas, decía Martínez cuando alguien le preguntaba qué hacía su papá, por qué nunca estaba en casa: recorría Chile transportando frutas y verduras, repetía él. A veces le tocaba ir al sur por varios meses y desaparecía. En realidad, ninguno de nosotros lo había conocido más que en esa foto, pero de vez en cuando sabíamos que estaba en casa, pues Martínez se entraba más temprano que de costumbre, y algunos días, de frentón, decidía no salir, por lo que le perdíamos la pista.

Creo que fue Parra el que una vez llegó contando que el papá de Martínez había sido boxeador, o que al menos había peleado un par de veces en Iquique. Un tío le contó que allá era conocido: el loco Martínez

queaba con facilidad a quien le pusieran en frente, cabros jóvenes que se tentaban, seguro, porque lo veían ahí, bajito, flaco, sin fuerza, pero se encontraban con un pequeño animal, el loco Martínez, así le decían, contaba el tío de Parra, aunque no era fácil creerle. Recordábamos su foto y no podíamos imaginarlo en el ring noqueando a nadie. Además, Martínez nos hubiera contado, sería motivo de orgullo, un papá boxeador, todos queríamos eso, un papá que nos enseñara a pelear, que viajara por el mundo, que apareciera en los diarios, que le ganara a esos gringos de mierda, que nos regalara unos guantes y nos enseñara a pegar un gancho, soñábamos con eso, entonces no tenía sentido que Martínez omitiera esa información, no podía ser, quizás el loco Martínez era otra persona, un alcance de nombres, una mala coincidencia.

No sé por qué nunca se lo preguntamos de frentón. Tal vez nos daba envidia la sola posibilidad de que pudiera ser cierto. En todo caso, no era mucho lo que hablaba Martínez. Siempre andaba callado, o murmuraba alguna cosa que nadie le entendía muy bien. ¡Hable fuerte, como hombre! le gritaba el pelao Moraga cuando estábamos en clases y le hacía alguna pregunta sólo para molestarlo. Martínez trataba de responder, pero se perdía en el camino. Era torpe. Sólo cuando le pedían hablar del Tani Loayza o de Arturo Godoy era capaz de levantar la voz y articular una historia que parecía ser su propia historia.

Al día siguiente de que le salvara la vida al hermano del Parra, nos volvimos a ver en el río y se puso a hablar, cómo no, de Arturo Godoy. Había soñado con Arturito, eran amigos, nadaban juntos, dijo, algo así, competían por quién aguantaba más la respiración bajo el agua. Ganaba Martínez, se supone. No le prestamos mucha atención, la verdad. Queríamos que nos contara cómo logró encontrar al Mudo bajo el agua, cómo lo sacó del fondo, cómo supo que estaba ahí.

Pero Martínez no dijo mucho.

Tuve suerte, tuvimos suerte, se corrigió y me palmoteó la espalda: ¿Y Castro?

No viene, dijo Molina, parece que salió con su hermano.

Hay que practicar entonces, dijo Martínez y se tiró al río.

No nos quiso decir en ese momento, pero había descubierto que podía ver perfectamente bajo el agua, que no sólo se trataba de aguantar la respiración un tiempo descomunal, sino que podía ver sin problemas, sin miedo, avanzaba por el fondo del río mientras las truchas lo esquivaban o se escondían entre las rocas y las plantas. Abajo, por supuesto, se veían más grandes, más rápidas, pero él alcanzaba a manotearlas. No ... ... había que las ... ... podían herirlo

pón, pero inventamos una especie de lanza que nos sirvió para cazar varias truchas arcoíris. Aunque no era suficiente. Aquella lanza era un invento demasiado precario, se rompía con facilidad, los peces escapaban heridos, no lográbamos capturarlos.

Martínez se obsesionó.

Descendía varios metros y trataba de cazar las truchas ahí abajo, aguantando la respiración, pero fallaba. Ya cuando empezaba a atardecer, nos salíamos del agua y nos íbamos a tomar once, pero Martínez se quedaba nadando. A veces, de hecho, esperaba que anocheciera y se sumergía en las aguas oscuras, pues decía que ahí el fondo del río cambiaba: salían más peces, confiados de que ya no había nadie, pero estaba él, esperándolos.

Cuando salía del agua, por unos segundos, la vista se le nublaba completamente. Debía cerrar los ojos y esperar a que el mundo volviera a ser nítido, a que todas las cosas se pusieran en su lugar: los colores, las formas, las luces de las casas a lo lejos, el cielo que comenzaba a estrellarse, sus dedos arrugados y los ojos rojos, pequeños, como si hubiera estado llorando toda la tarde.

La primera vez que entró a su casa así, con los ojos rojos, su madre lo quedó mirando unos segundos, consternada, y le pidió una explicación. Él le contó la verdad: que había pasado toda la tarde nadando en el río, pero ella no le creyó.

Estabas fumando, le dijo ella, no me mientas.

Martínez lo negó y lo negó, pero ella estaba convencida de que se había juntado con nosotros a fumar pitos, que por eso tenía los ojos así, rojos y chiquitos, como hundidos, esa mirada relajada, algo perdida, esa sonrisa de satisfacción.

No hubo forma de que Martínez la convencie-ra, así que lo castigó: una semana sin ir al río y sin juntarse con nosotros, los amigos fumones, las malas influencias, los negritos que no hacíamos nada con nuestras vidas más que vagar por esa ciudad polvo-rienta que, seguro, algún día nos iba a tragar.

Ese verano nunca pudimos retomar la competencia con el hermano de Castro y sus amigos. Martínez llegó una tarde y nos dijo que se iba de viaje con su papá. No agregó mayores detalles: informó que sería un viaje largo y que volvería cuando se acabaran las vacaciones.

Lo cierto, nos enteraríamos después, es que no viajó con su papá, viajó con su tío Lucho el hermano menor de su mamá, que tenía poco más de treinta años y que vivía en una caleta, cerca de Iquique, o más bien a unos pocos kilómetros de la desembocadura del Loa.

El tío Lucho en realidad era el Luchito, el tío favorito de Martínez, una suerte de hermano mayor que lo venía a visitar de vez en cuando a Calama y le traía regalos, sobre todo algunas revistas deportivas en las que aparecían reportajes y noticias sobre el Tani Loayza y Arturo Godoy. Cómo se las conseguía, ni idea, pero a veces llegaba con las revistas y Martínez se las hacía chupete en una tarde. Sólo en ese momento entendía por qué —y para qué— había aprendido a leer. Después las llevaba al colegio y dejaba que las miráramos un rato, ahí, en clases, sin quitarnos la vista de encima.

El Luchito lo fue a buscar a Calama en una furgoneta celeste que se había comprado junto al grupo de pescadores con los que vivía en Caleta Negra; era en la que repartían, durante la semana, el pescado y los mariscos en Iquique. La furgoneta de los encargos, de los viajes por la costa, de los recorridos por la ciudad con la mercadería, repartiendo los pedidos: congrios, reinetas, lenguados, erizos, locos, lapas, picorocos y, cuando la suerte los acompañaba en medio de los roqueríos, grandes y codiciados pejesapos. No vimos la furgoneta esa mañana de febrero en que partieron, pues se fueron demasiado temprano rumbo al mar. Atravesaron el desierto cuando el sol se encumbraba en medio de aquel cielo transparente. Quizá de qué hablaron en el camino; Luchito no era bueno con el silencio, Martínez lo llevaba

vida de la madre de Martínez lo era: crecieron en el sur bajo el cuidado de una abuela, junto a un choclón de hermanos y hermanas, todos muertos a la edad de tres, cuatro, cinco años. Se los llevó alguna enfermedad, el hambre, lo de siempre. Primero se vino al norte la madre de Martínez a buscar suerte y al poco tiempo, después de conseguir trabajo como empleada doméstica, logró traerse al Luchito.

Pero de aquellos años en el sur no hablaban. Ni siquiera cuando las cosas mejoraron. En la caleta, a veces, le preguntaban a Luchito por su familia, por la vida allá lejos, en el sur, tan distinta, pero no había caso. Respondía cualquier cosa, balbuceaba una historia y seguía. Lo que importaba era el presente, la vida en Caleta Negra, despertarse temprano, poco antes de que amaneciera, y emprender viaje mar adentro, en la oscuridad.

Atravesaron el desierto bajo un sol alto, difícil, monótono. Luchito trataba de entretenerlo contándole historias del mar. Su sobrino miraba por la ventana el desierto infinito que se le ofrecía. No había querido decir nada, pero ya en ese entonces llevaba [illegible] que había escuchado eran que se había ido a Bolivia, que tenía otra familia, que un día tomó el tren rumbo a Oruro y nadie más supo de él. Pero Martínez no lo quería creer. Miraba el desierto, miraba esos cerros a lo lejos, muy a lo lejos, que desaparecían allá al fondo, en aquel cielo transparente. Miraba el desierto y se imaginaba a su padre atravesándolo en aquel tren, viajando con una maleta, buscando otra vida, ¿por qué otra vida?, quizás ofreciéndose como chofer o cargador o lo que viniera, daba igual, ya se enterarían de su fuerza, de su talento para esquivar golpes. Tal vez alguien vería en aquellos movimientos ese pasado imaginario de boxeador y lo invitaría a pelear a algún club y luego quién sabe.

Bajaron desde el desierto hacia el mar, por caminos que parecían imposibles.

Llegaron cuando ya atardecía.

La caleta era eso que se desplegaba frente a los ojos de Martínez: un par de casas de madera a varios metros del mar —colores chillones en medio de tanto gris—, y los botes golpeándose unos contra otros, en esa pequeña bahía que se había formado en medio de la nada. No tenían luz, ni agua potable, ni alcantarillado, pero tenían mar. Eran un par de familias y el Luchito, al que prácticamente habían adoptado los Riquelme. Trabajaban todos juntos, armaron una comunidad sin planificarlo, el azar los fue reuniendo a lo largo de los años.

El mar estaba picado cuando llegaron a la caleta. Esa mancha azul, imponente, llena de pequeñas estrías blancas, los recibió de mala gana. Martínez no

caba a la orilla, pensó que por fin podría comprobar eso que le habían contado tantas veces: nadar en el río es una cosa insignificante, lo que importa es el mar, las olas, sumergirse, abrir los ojos y no poder creer lo que hay allá abajo, en el fondo.

¿Podría aguantar la respiración tanto tiempo como en el Loa?

El mar era el ruido, las olas que rompían a lo lejos y el viento descontrolado levantando un poco de arena. Pero a él todo eso le daba lo mismo. Estaba decidido a lanzarse. Sin embargo, antes de bajarse de la furgoneta, Luchito le dijo que ni lo soñara.

El mar es una cosa seria.

Estacionaron fuera de la casa de los Riquelme. Martínez se bajó, estiró las piernas y caminó hacia la orilla.

El sol comenzaba a esconderse.

Se sacó las zapatillas y sintió la arena entre los dedos de los pies: miles de granitos bajo sus plantas. Avanzó un poco hacia el mar. La espuma en la orilla, las olas reventando allá lejos, el agua fría y un suspiro

Todo iba a cumplir muchos años.

La playa le pertenecía.

El mar lo invitaba, pero él sabía que no.

El agua hasta los tobillos, luego la espuma y volver a empezar.

Había un ritmo, un idioma, un tiempo.

La vida de Martínez consistiría en descifrar todo aquello sin mayores preguntas, sin retórica. En un par de años él dominaría ese ritmo, ese idioma, ese tiempo, pero en ese instante, con el mar cubriendo sus tobillos, arrastrándolo contra su voluntad, no había forma de imaginar ese futuro.

Recorrió la pequeña bahía de una punta a otra, dejando que el mar cubriera sus pies; en una esquina los botes, al otro lado las rocas que delimitaban el mundo, Caleta Negra, la vida de esas familias que lo recibirían con cariño, quién sabe por qué.

Esa noche comieron todos, donde los Riquelme, un caldillo de congrio que no se podía creer. Hicieron una mesa larga en el patio, todos llegaron con sus propias sillas y velas, y se acomodaron como pudieron para recibir a Martínez. Luchito les había contado algunas historias de su sobrino: que no le iba muy bien en el colegio pero se esforzaba; que era buen hijo, que le gustaba el boxeo, que era fanático del Tani Loayza aunque nunca había peleado con nadie.

En algún momento de la noche, Pedro Riquelme, el dueño de casa, el hombre más viejo de la comunidad, el que llegó primero a Caleta Negra, junto a un grupo de amigos —de los cuales era el único que seguía con vida—, recordó lo del Tani Loayza y le preguntó a Martínez que por qué el Tani y no

Yo lo conocí a Arturito, era bueno pal agua —dijo Riquelme—, un negro alto, le gustaba mariscar, pero no duró mucho. Se crio ahí, en Caleta Buena, cerca de Pisagua, pero estaba para otras cosas. Era simpático eso sí, bonachón, quizá dónde anda ahora.

Se retiró hace unos años —le interrumpió la muchacha que estaba a su lado, justo frente a Martínez.

¿Ya no pelea?

No —siguió ella—, pero eso fue hace rato, ¿cómo no sabe?

Eso fue en enero del 53 —sacó la voz Martínez—, se retiró siendo todavía campeón sudamericano de peso pesado.

Violeta, le regalé todas las revistas que me diste —le dijo Luchito a la muchacha—, por eso sabe tanto el cabro chico.

¿Las revistas eran de ella?

¿Alguien se va a repetir? —preguntó, de pronto, la madre de Riquelme, una señora de quizá cuántos años pero radiante, cabeza blanca, el pelo largo, la jefa, la voz sensata, la que ponía orden en medio, la que llegó a la caleta cuando ya Riquelme y sus amigos se habían logrado instalar en aquel lugar con unos pedazos de madera que después se convirtieron en esa casita que los cobijaría aquella noche.

¿Quiere un poco más, mijo?

Martínez la quedó mirando.

No seai tímido, cabro chico.

Le pasó su plato y la señora fue a buscar la olla grande. La sacó del fogón y le sirvió otra presa, un poco más de caldo y, como ofrenda de la noche, la cabeza del congrio.

Los Cáceres —marido y mujer— también se repitieron, y los hermanos Villagra no se quedaron atrás. Los primos Avendaño decidieron pasar, igual que Violeta, la más joven, la que llegó sólo unos meses después que Luchito.

Martínez se terminó el caldillo en silencio, aunque no supo qué hacer con la cabeza del congrio, pero entendió la importancia de que estuviera en su plato. Mientras, los comensales planificaron lo que sería la jornada del día siguiente: quiénes partirían temprano al mar, quiénes repartirían la mercadería en Iquique y quiénes se quedarían en la caleta para reparar los botes averiados. A Luchito le tocaba manejar la furgoneta, así que Martínez tenía dos opciones: acompañarlo a Iquique o quedarse en la caleta a reparar los botes.

Ni siquiera tuvo que pensarlo.

Ayudó a entrar las ollas vacías, apagaron el fuego y se fueron a dormir poco antes de medianoche.

No acostumbraban a acostarse tan tarde, pero ya no podían hacer nada: dormirían sólo un par de horas los que se lanzarían al mar. El resto abriría los ojos

daban aparte la cocina y las piezas donde dormían Riquelme y su madre, al fondo, separadas del mundo por una cortina.

A la mañana, cuando despertó, Luchito ya se había ido.

Por la casa merodeaba la jefa.

En la orilla de la playa, los Avendaño arreglaban los botes, mientras los que habían salido temprano al mar, ya de vuelta de sus labores, se tomaban un té en una mesa improvisada con un par de baldes y unas sillas de madera.

Martínez ofreció su ayuda y los Avendaño le pidieron que sacara todos los restos de moluscos y cangrejos que había en las redes.

Pasó un buen rato en eso hasta que apareció el sol, a eso del mediodía. Luchito aún no volvía de Iquique y los Avendaño terminaban de pintar un bote. Sintió que era su momento. Se sacó las zapatillas, se arremangó los pantalones y se metió. El mar ya no estaba picado. La corriente no lo arrastró con la misma fuerza que el día anterior. El agua hasta los tobillos, después hasta la cintura. Probablemente nadie lo estaba mirando en ese momento, aunque él sentía que era el centro del universo, lo sentía de verdad, aquella fuerza, empujándolo, despacio, lentamente, las piernas, abajo, una corriente más fría entre las piernas, punzándolo, y allá, lejos de la orilla, al fondo, las olas reventando, pero muy al fondo, la espuma y la resaca, el mar cubierto por una tela blanca que se desintegraba hasta llegar frente a él, firme, el agua hasta la cintura, un solo impulso y ya tendría que lanzarse a nadar, como en el río, eso quería pensar, que estaba en el río, pero el golpe de las olas le impedía cerrar los ojos y olvidarse de todo: dejar que la corriente lo arrastrara hasta el fondo del mar. Un par de olas aumentaron la marea y ya no tuvo opción. Nadó un poco, pero sintió que no podría con aquella fuerza. Entonces se sumergió y allá abajo, por unos segundos, logró recuperar el control. Allá abajo, el río y el mar eran dos parientes lejanos que de vez en cuando decidían reencontrarse. Martínez descubrió ese aire de familia y se entregó a la corriente. Es cierto que había algo distinto, que el mar no lo dejaba tranquilo, nunca, y el ruido de las olas y la sal y los ojos irritados lo mantenían alerta, pero qué más podía hacer. Nadó. Nadó hasta perder la noción del tiempo. Después de un rato, ya cansado, miró el cielo, extendió los brazos y flotó de espaldas, permitiendo que la corriente lo meciera. Cerró los ojos y oyó por un buen rato sólo su respiración, los pulmones llenándose de aire, la exhalación y el ruido de las olas reventando a lo lejos. Se quedó así un tiempo que le pareció corto, pero que fue suficiente

tra la corriente, pero fue inútil. La espuma de las olas logró empujarlo algunos metros hacia la orilla, pero luego, con la misma fuerza, lo volvió a arrastrar hacia el fondo. El mar estaba jugando con él. Lo empujaba y lo arrastraba, hacía lo que quería con su cuerpo.

Martínez empezó a gritar. Agitaba los brazos, el agua salada en la boca, la respiración entrecortada, una corriente en sus pies, la sentía, una corriente lo quería tragar y llevárselo al fondo, allá abajo donde él no podría ver nada.

El ruido de las olas.

Los botes meciéndose a lo lejos.

El mar es una cosa seria.

Tuvo suerte.

Cuando nos contó —después de varios días en los que insistió en decirnos que había viajado con su padre, hasta que terminó por confesar la mentira—, ni siquiera fue capaz de explicarnos bien cómo logró salir del mar. Repitió bastante eso de que algo lo arrastraba hacia el fondo, una corriente distinta, mucho más fría, que parecía querer tragárselo.

Lo bombardeamos a preguntas, pero respondió con monosílabos. Creo que fue Molina el que se dio cuenta de que algo pasaba. Esos primeros días de cla-

Y, entonces, Martínez desapareció para siempre de nuestras vidas.

No debiésemos ser tan tajantes, pero lo cierto es que después de esos días nunca más lo volvimos a ver. Y todo lo que viene ahora, todo lo que contemos de aquí en adelante, será una elucubración, un balbuceo, un intento por reconstruir una historia que no vivimos pero de la que nunca dejamos de sentirnos parte.

La última imagen, nuestra última imagen: Martínez pidió permiso para ir al baño, poco antes de que terminara la clase de matemáticas, y nunca regresó. Dejó su mochila, los pocos cuadernos que tenía, un par de lápices, nada más.

Imaginamos que salió del colegio, que fue a su casa a recoger las pocas pertenencias que tenía, y luego partió a hacer dedo para no volver.

Imaginamos que guardó en un bolso las revistas que le había regalado Luchito, la poca ropa que tenía, el póster de Arturo Godoy, la foto de su padre y tal vez alguna de las pertenencias de su madre, que llevaba varios días lejos de casa.

Porque la historia, creemos, fue así: Martínez volvió de Caleta Negra y descubrió que su madre se había ido. Le dejó una carta, unos pocos pesos y mucha suerte. Cuando terminó de leer, Luchito ya se había ido en la furgoneta rumbo a Iquique.

Ella no se llevó nada o casi nada.

Él pensó que volvería. Pero cuando ya se había cumplido más de una semana desde que se fue, comprendió que eso no iba a pasar, y entonces aquel mediodía salió de la clase de matemáticas, fue a su casa, echó su ropa en un bolso y partió a hacer dedo a la carretera.

Varias veces discutimos sobre cómo habrá sido aquella semana que pasó Martínez solo, esperando que su madre volviera. Parra estaba convencido de que esos días, en realidad, lo que hizo Martínez fue tratar de contactar a su papá, buscarlo, preguntar a sus conocidos. Confiaba en que de pronto Luis Pedro Martínez llegaría a rescatarlo y que se lo llevaría a Oruro, a vivir con su nueva familia, el comienzo de otra vida, otra historia, otros rumbos, pero nada de eso ocurrió.

Al parecer, durante esos días, Martínez también escribió una carta de despedida. Se supone que era para nosotros, pero nunca llegó a nuestras manos.

Lo cierto es que Martínez caminó hacia la carretera, hizo dedo por varias horas hasta que un camionero se detuvo y lo llevó rumbo al mar.

Apareció en Caleta Negra cuando ya era de noche y todos dormían. No se atrevió a tocar la puerta de los Riquelme, así que fue a la playa, hizo un hoyo en la arena y se recostó ahí. El frío y el viento no lo

casi transparente. Las olas brillaban: luces intermitentes en medio la oscuridad.

El mar nunca duerme, pensó Martínez y luego se rio porque sabía que era ridículo pensar eso. También sabía que poco antes de que amaneciera, Pedro

Riquelme, los Cáceres y los Villagra comenzarían un nuevo día de trabajo.

Sólo tenía que aguantar un par de horas.

Se cubrió con la ropa que llevaba en su bolso, cerró los ojos y esperó.

Después iban a contar como broma, cada vez que pudieran, el día en que encontraron a Martínez dormitando a la orilla del mar, vestido con todas sus pilchas, enterrado en un hoyo que apenas lo cubría. Era como un cachalote herido, varado en la soledad de la playa. Un bulto en medio de la oscuridad que descubrió Riquelme poco antes de subirse a su bote y emprender el viaje de todos los días.

Lo dejó en su casa, le hizo un té y partió.

Cuando Martínez abrió los ojos, Violeta hojeaba sus revistas, sentada en el sofá negro donde solía dor-

interpelado.

Se pegan, se sacan sangre, ¿y qué ganan? ¿Ser más machitos? Yo creo que son retontos. Mira a este —le dice y le indica una foto en la que aparece uno de los hermanos del Tani Loayza sonriendo a la cámara, con un diente menos.

No son retontos, son valientes —la interrumpe él.

¿Valientes? —Violeta se ríe y lo deja solo en el living. Antes de salir de la casa le dice que se vista rápido, porque tiene que ayudarla a arreglar uno de los botes.

Martínez se queda un poco aturdido.

¿Qué edad tiene Violeta?

¿De dónde salió?

Si Luchito no habla de su vida en el sur, ella tampoco habla de su pasado. Se supone que nació en Santiago, que vivió en la calle, que es huacha, que después se fue a Coquimbo y que ahí aprendió a nadar, a pescar. Más allá de eso, nada. De pronto llegó un día con unos gringos que estaban recorriendo la costa chilena y se quedó. Los gringos dejaron varios billetes a cambio de comida y continuaron su viaje en unos jeeps que parecían haber traído directo desde la guerra.

Violeta también vivía con los Riquelme. Dormía en la pieza de la jefa y Luchito pasaba las noches en el sofá negro, pero con la llegada de Martínez tuvieron que extremar recursos y se terminó consiguiendo un colchón que tiró ahí, en el living: el lugar donde tío y sobrino se instalarían por un tiempo indefinido.

Los Riquelme lo acogieron, rápido, como uno más. A cambio, tuvo que insertarse en la rutina de Caleta Negra, aprender el oficio de pescador y el arte de mariscar entre las rocas, esquivando las espinas de los erizos y lo que se escondiera bajo el agua. No querían heridos, no querían problemas. Debía aprender a limpiar los botes, a arreglar las redes, a pintar, a sacarle las escamas a los pescados. Martínez tenía trece años, pero en ese lugar la edad no contaba. Debía, sobre todo, aprender a nadar en el mar.

En cualquier momento, más temprano de lo que imaginaba, le tocaría partir en uno de los botes en la madrugada y volver con la pesca del día.

Sin embargo, ahí, de pie, en la puerta de su nueva casa, contemplando el mar calmo de aquella mañana, no conseguía pensar en nada.

Había dejado atrás un desierto a la deriva. Lo que adquiere forma está condenado a perderla, dicen. Quebrar el cielo y recoger el mar, piensa. Confundir aquella línea que separa todo y dejar que las cosas se mezclen.

Nadar y perder la línea del horizonte.

Martínez dejaba que el ruido de las olas hiciera lo

sobrevivir.

Hay que pintar unos botes que se están descascarando.

Uno de los cangrejos logró desenredarse y se lanzó a la orilla: rápido, rapidísimo, movió las patas y se hundió en la arena. Los otros también se lanzaron, pero la espuma de una ola impidió que se hundieran. Violeta le entregó dos brochas y le indicó allá, a la punta, donde estaban los Avendaño junto a los botes. Parece que discutían, pero al rato Martínez se dio cuenta de que esos gritos y esos gestos, la intensidad de las voces, eran parte de la conversación: hablaban de algo que no alcanzaba a entender, por lo que no quiso interrumpir.

La guerra nunca llegó, dijo el mayor de los Avendaño.

Se quedaría pensando en eso Martínez luego de unos minutos en silencio, escuchándolos: hablaban de la guerra mientras pintaban los botes La Covadonga y El Huáscar. Nadie recordaba quién los había bautizado con esos nombres, pero lo cierto es que detrás de aquella decisión había una persona que alcanzaba los triunfos más allá de las banderas. Lo que importaba era burlar siempre la derrota, mantenerla a raya, no caer en la tentación de las glorias inútiles.

Hablaban de la guerra, de los soldados que murieron en el desierto, de los empampados. Un tío abuelo de ellos había combatido en la Batalla de Dolores y contaba siempre la misma historia: se habían tomado Pisagua a comienzos de noviembre y estaban seguros de que los aliados los atacarían por sorpresa en cualquier minuto. Las tropas chilenas andaban saltonas, en guardia. El tío abuelo de los Avendaño era un soldado raso, un hombre que no debía estar ahí: lo habían reclutado por error en Santiago, pocos días después de haber arribado a la capital en busca de trabajo. Venía arrancando del sur, es decir, de una suma de malos entendidos que nunca fueron aclarados, pero que casi le cuestan la vida. Algo de un robo que no había sido culpa de él, unos argentinos, unos cuatreros que se quisieron pasar de listos pero él no se los permitió. El asunto es que llegó a Santiago, lo reclutaron y de un día para otro estaba acampando en mitad del desierto, con un fusil en una mano y un corvo sujetado a su cinturón. La toma de Pisagua fue una noticia que los sorprendió a todos. Era el indicio de que se podía ganar la guerra, y ganar la guerra significaba para el tío abuelo de los Avendaño volver a Santiago, rehacer su vida, lejos de ese sol espantoso que los abrasaba en la pampa del Tamarugal. Fue, de hecho, cerca de un bosque de tamarugos donde se instaló su tropa. Tenían una misión: les habían advertido que los aliados llegarían desde el norte, por lo que su trabajo era vigilar cualquier movimien-

abuelo de los Avendaño esperó que llegaran las tropas de los aliados. Los informantes aseguraban haber visto un contingente numeroso de soldados peruanos que arrasaban con todo. Llevaban, supuestamente, granadas de mano, bayonetas y corvos. No debían bajar la guardia. Fueron cuatro noches las que el tío abuelo de los Avendaño no durmió.

Al quinto día, en el horizonte, se asomó algo: un rebaño de cabras que asaltó el bosque de tamarugos, buscando sombra y algo de comer.

Cuando las cabras empezaron a pastar, se escuchó la primera explosión.

El tío abuelo de los Avendaño iba a perder la mano izquierda y la audición de su oído derecho. Pero no en ese momento, pues sería uno de los pocos que arrancaría con vida de aquel asalto. La mala suerte lo alcanzaría unos días después, bajo las faldas del cerro San Francisco, resistiendo las embestidas de los aliados.

Ahí perdería su mano izquierda, primero, y luego la explosión de una granada, contaba él, le habría destrozado el oído derecho. Aturdido, bajo el sol espantoso del desierto, vio cómo sus compañeros resistían. Lo último que recordaba, antes de perder la conciencia y despertar en una tienda de campaña, rodeado de soldados heridos y quejumbrosos, fue que la reserva de los aliados, en un movimiento inexplicable, comenzó a dispararse entre sí. Los hijos de puta le disparaban por la espalda a sus propios compañeros, contaba el tío abuelo de los Avendaño, le disparaban a la vanguardia, imagínense, los hijos de puta, qué cobardes, por Dios, yo pensé que estaba alucinando, pero les disparaban por la espalda, caían, yo los vi caer, hijos, los vi caer, decía el tío abuelo de los Avendaño y luego hacía una pausa ceremoniosa y comenzaba a llorar.

Al viejo le habían inyectado morfina hasta por las orejas.

El que se caía era él, dijo uno de los Avendaño y se echó a reír.

¿Y dónde está ahora?, les preguntó Martínez.

Se murió hace mucho el veterano.

Al final hizo su vida en Iquique. No le fue mal, a pesar de la mano y la sordera.

Trabajó en una salitrera, era inteligente.

¿Con una mano menos?

Se las ingenió el veterano.

Era la misma mano de Riquelme.

¿Cómo de Riquelme?, preguntó Martínez.

La misma mano.

Es manco. Pescador y manco.

Inteligente el viejo.

Se adapta a todo.

Ya, cabro, termina de pintar ese borde y vamos a almorzar

Martínez no quería entrar al mar.

Postergó lo que más pudo aquel reencuentro hasta que ya no dio para más.

Luchito le dijo que era importante, que una mala experiencia la tenía cualquiera, que no había que tenerle miedo.

Pero él no le tenía miedo.

En realidad no sabía qué le había pasado aquel día en que la corriente lo arrastró mar adentro y perdió el control. Fue como si hubiese olvidado por completo aquellas tardes nadando en el Loa, cazando alguna trucha con ese arpón de madera que se había inventado.

El mar no te perdona.

Se lo dijo una tarde Luchito, mientras limpiaban unas redes. Ya habían pasado varias semanas desde que Martínez estaba instalado en la caleta. Nadie lo interrogó, nadie le pidió explicaciones, ni siquiera su tío. Seguro que podía imaginar lo que había ocurrido, no era difícil, conocía perfectamente a su hermana. No era casualidad que él hubiera tenido que irse de Calama. También conocía al padre de Martínez. Fueron, en algún momento, amigos, cercanos. Lo vio pelear en más de un torneo amateur en Iquique. Lo acompañó, de hecho fue su sparring, el que le limpió las heridas, el que celebró junto a él cuando noqueó al manteca Benítez. Por ese entonces, Martínez aún no había nacido. Nadie lo esperaba. Ese fue el problema. O el inicio de los problemas.

Martínez no quería entrar al mar, pero fue Violeta quien lo convenció.

Mucho boxeo y poca acción —le dijo una mañana, cuando estaban solos en la caleta.

¿Qué edad tenía ella? ¿Dieciocho, veinte, veinticinco? ¿Treinta?

Hay unas pozas en los roqueríos, vamos.

A la distancia, eran más o menos indistinguibles: ambos usaban shorts y poleras de colores. Ella se tomaba el pelo de tal forma que conseguía reunirlo y hacerlo desaparecer en una trenza o en un tomate o en algo que no distaba mucho del pelo de Martínez

sol haría lo suyo y entonces compartirían el mismo color, el mismo tostado, un color que existe sólo en aquellos que viven el día a día en una playa, la piel oscura, tersa, ambos indistinguibles en un punto hasta llegar al mar, pues ahí Martínez se sacaba la polera y ella no, ella nadaba con esa polera, supuestamente para protegerse del sol, de los rayos ultravioleta, dijo un día, los rayos ultravioleta que podían darle cáncer a la piel, dijo pero nadie le prestó mucha atención.

Ella lo había leído por ahí, les dijo, había que cuidarse, del sol, de esos rayos, había que proteger la piel, pero a esa altura ya el sol había hecho lo que quería con la piel de esos pescadores y de los que vivían en las caletas vecinas, qué más importaba.

Avanzaron por las rocas, con cuidado, y llegaron a una poza grande, que se había formado con la resaca de las olas, cuando la marea subía en la noche.

Si quieres, un día podemos tirarnos allá —le dijo Violeta, indicando el final de las rocas, casi a la altura en que las olas rompían.

Vamos ahora —le dijo él y ella se rio.

Nadar en aquella poza fue casi lo mismo que nadar en el Loa. Martínez se sintió cómodo, flotó un rato, se sumergió, aguantó la respiración un par de minutos. Violeta lo miró sentada en el borde de una roca hasta que el sol la empujó al agua. Y cuando llegó a su lado, le ofreció unos lentes para mirar bajo el agua.

Se los había robado a los gringos con los que llegó a Caleta Negra. Les robó esos que les estaba ofreciendo a Martínez y unos que usaba ella. Eran prácticamente iguales, con una sola diferencia: en los de ella la nariz quedaba cubierta, es decir, le ayudaban a presionar el tabique y así poder contener la respiración de mejor forma. Los de Martínez, los que serían de Martínez, pues aquella tarde Violeta se los terminaría regalando, sólo cubrían los ojos y la nariz entraba un poco a la fuerza.

En cualquier caso, ella nadó hasta donde estaba él, flotando, y se los ofreció.

Martínez no tenía idea qué se hacía con ellos, así que Violeta lo ayudó a ponérselos, se ajustó los suyos y le dijo que flotaran mirando hacia el fondo de la poza.

Habría que suspender el ruido de las olas y la propia respiración, poner en pausa el mundo y entregarse a aquel momento para comprender lo que estaba ocurriendo en la cabeza de Martínez, quien no podía creer que todo eso que había ahí abajo, en el fondo, fuese real: la nitidez de las piedras y ese cardumen de guarisapos, quizá, moviéndose raudos, entre aquellas piedras nítidas, puntiagudas, los peces aumentados de tamaño, de realidad, los peces y aquellos cangrejos que caminaban por el borde de los ... ...

acantilado imposible, la vida allá abajo, otro mundo, no lo podía creer, tanto tiempo pensando que veía perfectamente bajo el agua, la transparencia de los objetos, la textura de las piedras al fondo, el musgo aferrado a ellas, otra vida, eso era, pensó, el ruido de las olas en suspenso y su propia respiración marcando los tiempos.

La nitidez, la limpieza de las imágenes, le otorgó una tranquilidad que desconocía. Tres, cuatro, cinco minutos nadando bajo el agua, como si fuera uno más en medio de aquel paisaje.

Quería nadar en el mar abierto.

Se lo dijo a Violeta y ella trató de contenerle un poco la ansiedad, pero fue inútil. Caminaron hasta el final del roquerío, allá donde casi revientan las olas, y se lanzaron.

Esquivaron la espuma, sumergiéndose, y dejaron que la corriente los meciera un rato hasta que se adaptaron a la eterna cadencia del mar.

Entonces, se ajustaron los lentes.

Dame la mano —dijo ella y flotaron boca abajo.

Ahora sí el mundo era otro.

Había nadado en el río, en pozas de varios metros de profundidad, pero ninguna experiencia se podía comparar con aquello que empezaba a vivir en el preciso instante en que bajo sus ojos, sumergido algunos metros, ya muy lejos de la orilla, sin soltarle la mano a Violeta, se aclaró el fondo del mar: un pequeño bosque de huiros, algunas rocas puntiagudas resguardando a quizá cuántos peces y las corrientes marinas moviendo todo aquel follaje y moviéndolos a ellos también, que nadaban con una admirable e inesperada sincronización, como si llevaran muchos años en todo eso.

La corriente los arrastró algunos metros hasta dejarlos en medio del bosque. Y fue en medio del bosque —Violeta le preguntaba, con las manos, si estaba todo bien, o si mejor volvían— cuando apareció detrás de unas rocas.

Martínez lo vio moverse rápido —una figura alargada, oscura— y presionó con más fuerza la mano de Violeta.

Giró la cabeza de un lado hacia otro, varias veces, los ojos grandes, atentos, descontrolados. Ella lo imitó, más calmada, pero no había nada a su alrededor.

Martínez estaba seguro de que era un lobo marino. Luchito le dijo muchas veces que les gustaba jugar, pero que no había que confiarse, que a veces podían pegarte un mordiscón de la nada, que tuviera cuidado.

Pensó en eso. Pensó que era un lobo marino.

Hasta que volvió a aparecer.

¿Qué era eso?

Violeta lo observó esconderse detrás de unos

y a locas.

Sacaron la cabeza del agua.

Ahora sí Violeta se rio.

¿Qué era eso? ¿Lo viste? ¿Un lobo marino? ¿Son peligrosos?

No —dijo ella, conteniendo la risa—, ¡era un chungungo!

¿Un chunqué?

¡Un chungungo! —dijo Violeta, sonriendo—. Mira, bajemos a buscarlo.

Era un lobo marino —insistió él.

No, mira, ven —dijo ella, sin soltarle la mano, inhaló profundamente y se sumergió.

Un chungungo. Ahí estaba, escondiéndose en medio del bosque, jugando, en el fondo quería jugar con ellos, escabullirse, que alguno de los dos lo persiguiera.

Un chungungo nadando de espaldas.

Subieron a tomar aire de nuevo.

Parece un ratón —dijo Martínez.

Una nutria, mejor dicho —le corrigió ella.

El chungungo volvió a sumergirse y desapareció.

Ellos nadaron hacia las rocas, por donde entraron.

Martínez se sacó los lentes y se los entregó.

Ella le dijo: ahora son tuyos. Cuídalos.

Poco antes de que anocheciera, se juntaron todos en la casa de Riquelme. Estaba de cumpleaños Patricia, así que temprano, esa mañana, recayó en Luchito la difícil misión de conseguirse una torta en Iquique, o más bien, que alguien lo ayudara en esa complicada empresa: no tenían dinero, sólo unos cuantos pescados y mariscos para intercambiar. Pero confiaban en Luchito, en que sus eternos vagabundeos por Iquique le dieran algún rédito, algún contacto con el que poder hacer un trueque, algo chiquito, una tortita para celebrar a Patricia y cantarle el «Cumpleaños feliz». Ella se lo merecía particularmente: era la otra buceadora del grupo, la más talentosa, la que atrapaba los erizos más grandes, la que no se achicaba frente a nada, la que mandaba en el hogar de los Cáceres, aunque él lo negara. Patricia, la que se dedicó todo un año a enseñarle sus trucos a Violeta, la que le torció la mano a Riquelme cuando llegó a la caleta y lo convenció de que lo suyo era el mar. Patricia: la que no quiso tener hijos, la que había estado emparejada durante muchos años con un hombre mayor hasta que conoció a Eduardo y se arrancaron.

Cuando llegaron a Caleta Negra, a inicios de los 50, se presentaron como los Cáceres. Adornaron un pasado juntos, sumaron algunos años de matrimonio, pidieron una oportunidad, porque no tenían dónde ir. Él sabía un poco de carpintería, ella dijo que quería mariscar y cazar, que su sueño siempre había sido vivir al lado del mar. Aprendió rápido, tomaba ries

rocas, en las cuevas donde nadie llegaba. Aguantaba la respiración bajo el agua como pocos. No entraba en pánico, no se desesperaba. Se movía sigilosa, esperando el momento exacto para atacar.

Violeta lo aprendió todo de ella.

Y ahora sería Martínez el nuevo aprendiz.

Luchito demoró su regreso desde Iquique como nunca. Llegó un poco guasqueado pero con la torta entre sus manos: era obvio que había pasado la tarde en uno de esos bares de mala muerte a los que iba de vez en cuando, allá por El Colorado, probablemente, donde había hecho buenas migas con los pescadores. Seguro que fue ahí donde le dieron el dato de la señora que hacía pasteles y cosas dulces cerca del centro, y partió a ver si tenía suerte y tuvo suerte —quién sabe cómo fue esa negociación, ese trueque, cuántos pejeperros y cuántos locos debió entregar para que le dieran esa torta, que parecía un monumento, una obra de arte entre sus manos, cuando llegó a Caleta Negra y la dejó sobre la mesa, orgulloso aunque algo tambaleante.

No alcanzó ni a cantar el «Cumpleaños feliz»: se quedó dormido, tirado en la arena, al lado del fogón, pero los demás sí disfrutaron de la celebración, le cantaron fuerte a Patricia y se zamparon de una la torta.

Como todas las noches antes de dormir, Violeta se fue a fumar un cigarro. Lo hacía a escondidas, aunque a esa altura ya todos conocían el ritual. Guardaban un silencio respetuoso, a pesar de que sabían que no era bueno meterse toda esa nicotina en los pulmones. Pero cada uno tenía su vicio y se respetaban: los Avendaño eran buenos para la marihuana; Luchito, Riquelme y los hermanos Villagra se caían al litro de vez en cuando y Violeta fumaba a escondidas. De los Cáceres no había nada que decir y por eso eran los que levantaban más sospechas.

No era fácil conseguir las provisiones, pero Iquique —puerto generoso— siempre entregaba alguna sorpresa.

Se supone que a esa hora de la noche, cuando Violeta se fumaba su cigarro, Martínez debía estar durmiendo, pero la espiaba. Salía en mitad de la oscuridad y veía cómo la brasa del cigarro se iba consumiendo. Arriba, un cielo lleno de estrellas, imposible aquel cielo, tantas luces parpadeando allá arriba, miles, como nunca las había visto.

El ruido de las olas se enredaba en la noche.

Ella, quizá, también miraba las estrellas.

Todo el mundo ya dormía en sus casas.

Violeta terminó de fumar, tiró la colilla en la arena y se fue a acostar.

Violeta leyó en voz alta:

Un hombre no debe casarse con una mujer que no pueda hacerlo desdichado; esto significa que no puede hacerlo feliz.

¿Quién dijo eso?

Gerald Villiers-Stuart.

¿Y qué significa desdichado?, preguntó Martínez.

Violeta lo quedo mirando fijo por el espejo retrovisor, unos segundos que se alargaron más de la cuenta.

¿Cómo no vas a saber qué significa desdichado, cabro chico?, lo retó Luchito.

Si seguís preguntando, la que te va a hacer desdichado es la Violeta —dijo uno de los Avendaño y todos se rieron.

Viajaban rumbo a Iquique en la furgoneta. Llevaban la pesca del día. Era primera vez que los acompañaba Martínez. Se supone que ya conocía la ciudad —en aquella visita que hizo junto a su padre—, pero no hay certeza de aquel viaje.

Violeta dejó de mirar a Martínez y continuó:

Cuando usted le evita a una muchacha la posibilidad de que cometa un error, le evita también la posibilidad de que se desarrolle.

¿Y ese?

Para qué preguntan si nunca saben quién es —dijo Violeta.

Queremos ser más inteligentes —respondió uno de los Avendaño.

La cita es de John Erskine.

A ese sí que no lo conocen ni en pelea de perros.

Debe ser importante.

¿Un boxeador? —preguntó Martínez.

¡Qué va a ser un boxeador! ¡No saben ni hablar!

¿Pero tiene razón o no? —preguntó el otro Avendaño.

Que responda Violeta.

Yo creo que tiene razón —dijo Luchito, sin despegar la vista del camino.

Yo preferiría no cometer ningún error —dijo el mismo Avendaño

zón. ¿Parece que sí?

A mí una vez me dijeron que siempre era mejor tomar la iniciativa. Que para qué te vai a quedar con la duda —dijo Luchito.

Riquelme dice que no hay que dudar. Que los que dudan son cobardes.

¿Cuánto falta? —preguntó Martínez.

Mira, eso que está allá, al final —le dijo Luchito—, eso es Iquique.

No se ve nada.

¿Leo otra cita?

Mejor otra cosa.

¿Puedo mirarla? —le preguntó Martínez.

Violeta se dio media vuelta, desde el asiento del copiloto, y se la entregó:

Selecciones del Reader's Digest. La revista más leída del mundo: 15.500.000 ejemplares por mes, en 11 idiomas.

Abril de 1952.

Pero esta revista es antigua —les dijo.

¿De cuándo?

Del 52.

Yapo, no es tanto.

Martínez se puso a contar con los dedos, en voz baja:

Como seis años.

¿Y qué tiene? —preguntó Violeta—. Consíguete una más nueva si podís.

Se la quitó de las manos.

¿Qué estábamos haciendo el 52?, preguntó Luchito.

Nosotros no habíamos llegado todavía —dijo uno de los Avendaño.

Yo no me acuerdo —respondió Martínez.

Qué te vai a acordar, si erai una guagua.

No, ya era grande.

¿Y la Violeta dónde andaba?

No pregunten tonteras. Escuchen mejor: «De la vida real».

¿Qué es eso?

Una sección. Callados todos.

Violeta siguió leyendo:

Mi marido es inspector de incendios y por razones de su oficio tuvo hace pocos días que subir a la azotea del elevado edificio de oficinas. Soplaba un viento muy fuerte y cuando mi marido había avanzado sólo unos pocos pasos, la puerta de la azotea, que era de pestillo automático, se cerró violentamente, dejándolo poco menos que abandonado en aquella altura…

Se parece al Luchito —dijo uno de los Avendaño.

Debe ser el Luchito —dijo el otro.

¡Cállense! —pidió Violeta, con una leve sonrisa, y continuó leyendo:

lo estaba mirando y decidió hacer una expresiva pantomima, pero ella pareció no darse por entendida…

Esa es la Violeta —interrumpió el otro Avendaño.

Seguro, si nunca me mira —dijo Luchito y todos se rieron.

¿Puedo seguir?

Yapo, que termine de leer.

La desesperación le inspiró entonces una idea —al marido, se entiende, ¿no?, preguntó Violeta y tras un silencio siguió su relato—. Lentamente empezó a desvestirse y pudo observar que la atención de la muchacha se fijaba en él. Cuando llegó a los pantalones, la vio correr en busca de un teléfono...

¿Se sacó la ropa?

¿Pero qué vio?

El tremendo...

Ya, basta —dijo Violeta y cerró la revista.

¡No! ¡Queremos saber cómo termina!

¿Se quedarán juntos?

Yapo, que termine de leer.

Ojalá se haya quedado en pelotas arriba del edificio —dijo Luchito.

¿Y ella lo habrá rescatado?

Ya, basta, no les leo nada más.

Nopo, Violeta, sigue —le dijeron, pero no hubo caso. Martínez le pidió la revista de nuevo y ella se la pasó de mala gana. La hojeó un rato. Se quedó pegado en las páginas de publicidad. Le gustó una de un reloj dorado:

Al final de la guerra, más del 50 % de las tripulaciones de la R. A. F. llevaba un Omega impermeable. Así nació el Cronómetro Seamaster, al amparo de una experiencia única en la historia de la relojería. Ha soportado toda clase de pruebas: los vientos helados del océano Ártico, la humedad de los trópicos y las tempestades de polvo en los desiertos. El Cronómetro Omega Seamaster es el reloj de los hombres de acción.

Martínez se imaginó llevando aquel reloj dorado en su muñeca izquierda. No sabía para qué le podía servir —más allá de ver la hora—, pero le gustó eso de que había resistido toda clase de pruebas. Quizá también podía funcionar bajo el agua, ayudarlo a tener un mayor control de su respiración cuando descendiera, lo imaginaba, todo podía ser más fácil calculando los segundos que aún tenía para moverse en el fondo, ya no depender simplemente de la intuición, de esos cálculos que a veces lo llevaban a estirar la cuerda un poco más de lo recomendable y, entonces, salía con la respiración justa, ya sin margen de error.

Lo había hecho ya varias veces —salir justo cuando el aire se le acababa—, pero siempre acompañado por alguien. Cuando nadaba solo era mucho más cauto, se sumergía un par de minut... [1]

vaba meses entrenando con la ayuda de Violeta y de Patricia —cuando no regresaba tan cansada de altamar. Lo de ella abajo era una cosa que lo dejaba sin palabras. Se movía con elegancia, aunque en realidad el adjetivo más exacto hubiese sido naturalidad: le parecía a Martínez, con sus desplazamientos, una más en medio de aquel paisaje. Incluso cuando se trataba de mariscar, de sacar lapas y erizos, él no podía, se dañaba las manos con los fierros, se desesperaba al no poder separar los moluscos de las rocas mientras ella y Violeta los iban acumulando en una malla para luego comérselos al almuerzo.

Con ese reloj en su muñeca izquierda la vida sería distinta, pensaba Martínez —mientras ya entraban a Iquique— y se reía para sus adentros. Seguro que su madre estaría orgullosa de él.

Atravesaron Cavancha —algunas personas ya se bañaban en la península a esa hora del día—, rumbo al mercado. Martínez se pegó a la ventana, tratando de recordar el viaje con su padre, la calle Baquedano, caminar por esa calle de madera, las casas de dos pisos con balcones, impecables, era un lujo, como se supone que eran las casas en el Medio Oeste —le dijo su padre aquella vez—, las construyeron los extranjeros, eran millonarios, extrañaban sus vidas, sus comodidades, despilfarraron una fortuna por construir una ciudad que se asemejara a la de ellos, pero con la crisis del salitre lo perdieron todo, o casi todo. Quedaron, sin embargo, esas casas de pino oregón y la calle que terminaba en la Plaza Prat y en el Casino Español.

En ese viaje, Martínez pensó que su papá lo llevaría al barrio El Matadero, a conocer el lugar donde nació el Tani Loayza. Pero no tuvieron tiempo, según él. Su papá tenía muchas cosas que hacer, mucho trabajo. Lo dejó en el camión y desapareció por un par de horas. Después lo llevó un rato a Cavancha, pero no lo dejó meterse al mar. Regresaron a Calama cuando ya oscurecía.

No se despegó de la ventana hasta que se tuvieron que bajar.

La dinámica, una vez en la ciudad, era la siguiente: Luchito iba a dejar la mayor parte de la pesca al mercado, los Avendaño se encargaban de ayudarlo y de ir cobrando puesto por puesto. Una vez que terminaban ahí, partían a buscar agua potable para llevar a la caleta y compraban lo que hacía falta. Mientras ocurría todo eso, Violeta entregaba los pedidos a los clientes que habían ido haciendo a lo largo de los años, sobre todo familias que alguna vez pasaron por Caleta Negra y unos pocos amigos de Riquelme, como doña Berta, que les pedía sobre todo erizos y pejesapos. Y si llegaban a conseguir algún pejeperro, por favor que se lo guardaran, que era su pescado favorito

cargar, en realidad, el saco de lapas que le debían entregar a la familia Carrasco, último destino del día. Partieron, entonces, por la casa de doña Berta —en El Morro, una casa de madera, roja, un piso, donde vivía desde que enviudó.

Era una mujer alta y tenía el pelo blanco, corto, no parecía chilena, pensó Martínez, aunque le hubiese resultado imposible definir qué significaba parecer chileno o chilena en este caso, doña Berta, alta, un traje de dos piezas, elegante, se lo elogió Violeta y él entró a casa detrás de ella, en silencio, cargando el saco de lapas.

¿Qué me traen ahí? —les preguntó.

Martínez sostenía el saco apoyado en su hombro derecho; no pesaba tanto pero era más cómodo llevarlo así, no quería ensuciar el living de esa casa que por fuera era una casa más del barrio —un barrio de obreros y pescadores—, pero que por dentro tenía un cuidado piso de madera, pino oregón traído desde Canadá, y unos muebles en donde doña Berta guardaba algunos platos de porcelana junto a varias copas.

Martínez no lo iba a ver ese día, pero si hubiera entrado a la habitacion del fondo, justo la que está al lado de la pieza matrimonial, hubiera encontrado un escritorio rodeado de libros y revistas —era ella la que le regalaba a Violeta las *Selecciones del Reader's Digest* y esas novelas que guardaba en su pieza allá en Caleta Negra, novelas que Martínez había hojeado sin entender qué podía haber en ellas.

¿Cómo se llama usted? —le preguntó doña Berta.

Esas son lapas —le respondió Violeta—, las compraron los Carrasco. Aquí le traje sus erizos —y sacó de una bolsa las cuatro generosas y desbordadas bombas.

Qué maravilla —doña Berta tomó los erizos y los fue a dejar a la cocina.

Mejor espérame afuera, vai a dejar pasao a lapa acá.

Martínez salió tratando de no hacer ruido, pero la madera crujía bajo sus pies. Afuera, dejó el saco de lapas en el piso y descansó. Miró de un lado a otro la calle, como esperando que apareciera alguien, un rostro conocido, familiar, una voz.

Adentro, doña Berta le pagó a Violeta las bombas de erizos y le entregó una bolsa con varios libros y revistas.

De regreso a Caleta Negra, Violeta se fue mirando las nuevas *Selecciones del Reader's Digest* que sumaría a su incipiente biblioteca. Las más nuevas eran de mayo y julio de 1955. Esta vez no las leyó en voz alta. Atrás, Martínez y los Avendaño iban dormitando.

Llegarían a la caleta a eso de las tres de la tarde.

Apenas bajaron de la furgoneta, descubrieron que algo andaba mal.

En el patio de los Rivas·lmo· donde se juntaban

Revisaron las otras casas, pero todas estaban completamente vacías.

El accidente ocurrió poco después de que ellos partieran rumbo a Iquique. La mañana había estado nublada, el mar incómodo, más inquieto que de costumbre; volvieron después de la pesca —Patricia, los hermanos Villagra y Riquelme—, pero alguien amarró mal uno de los botes y tuvieron que ir a rescatarlo. Al parecer, el que se arrancó fue La Covadonga. Los hermanos Villagra se dieron cuenta. Partieron en La Morena, pero el bote ya estaba muy lejos. Cuando lograron alcanzarlo, varios metros mar adentro, las olas hicieron lo suyo: el menor de los Villagra terminó fracturándose el brazo izquierdo. Dicen que era una fractura expuesta, que gritó como si lo estuvieran despellejando, que el mayor de los Villagra se descontroló y que durante mucho rato no atinó a hacer nada más que abrazarlo, con los ojos cerrados, porque no quería ver el hueso expuesto.

El menor de los Villagra perdió el conocimiento.

El mayor de los Villagra dejó que La Covadonga se perdiera y volvió a la caleta como pudo, esquivando las olas con La Morena.

Su hermano aún no recuperaba el conocimiento cuando llegaron a la orilla. Los recibieron Patricia y Riquelme. La furgoneta ya había partido hacía rato. Lo único que tenían eran los botes. Fue Cáceres el que se acordó de que un poco más allá, en Chanavayita, existía algo así como un consultorio. Decir consultorio era exagerar, por supuesto, pero tendrían los insumos mínimos como para atender una urgencia de ese tipo, al menos algo parecido a un botiquín, un par de medicamentos.

No había otra opción.

Partieron en dos botes —La Morena y El Ojito—, todos, incluida la madre de Riquelme, que era la que más sabía de curaciones y primeros auxilios.

El menor de los Villagra despertó en Chanavayita, más o menos a la misma hora en que los demás volvían a Caleta Negra y se encontraban con las casas completamente vacías. Desde ahí lo llevaron a Iquique, en auto, y lo internaron en el hospital cuando ya era de noche.

cambiar levemente la rutina: Cáceres, Villagra grande, Violeta y Luchito saldrían temprano por la mañana. En la caleta sólo se quedarían la madre de Riquelme y Martínez, que estaría a cargo de vigilar los botes y de recibir la pesca.

La recuperación del Villagra chico llevaría varios meses.

Se acostumbrarían, rápido, al nuevo orden: Violeta sería la encargada de reemplazarlo. Martínez iría adquiriendo más responsabilidades.

Seguiría practicando en las tardes, aunque ahora Violeta ya no tendría tanto tiempo ni energía. A veces nadaba un rato junto a él, y él le pedía que compitieran por quién aguantaba la respiración más tiempo bajo el agua.

Ya te dije que no se trata de eso.

No querís competir porque sabís que te puedo ganar.

Es distinto aguantar la respiración acá, cerca de la orilla, que hacerlo allá al fondo —dijo Violeta, indicando el horizonte.

Igual te gano.

Pruébalo.

Probemos.

Ya, pero sólo una vez.

El mar los mecía levemente, habían pasado la línea de las olas, la orilla no estaba tantos metros más allá. Atardecía.

Ya, a la cuenta de tres —dijo Martínez—. Uno, dos…

¡Tres! —dijo Violeta y se sumergió.

Él hundió la cabeza y se quedó flotando boca abajo, mientras ella lo miraba desde un poco más al fondo.

Él se apretaba la nariz con la mano izquierda.

Ella llevaba su máscara de agua.

Pasados los cuatro minutos, ninguno parecía entregarse.

Violeta lo miraba, él tenía los ojos cerrados. Había aprendido que la concentración lo era todo. Ella y Patricia se lo repitieron hasta el cansancio: lo que importa es la cabeza, no perder la calma, dominar la situación ante todo.

Y lo estaba poniendo en práctica.

Violeta podía durar en esas condiciones óptimas bajo el agua unos cuatro minutos —recién ahí empezaba a faltarle el aire.

Él nunca había llegado a los cinco minutos en el mar.

Contaba los segundos mentalmente.

Abrió los ojos cuando había pasado los cuatro minutos y medio.

El mar lo mecía con un poco más de fuerza.

Vio que ella estaba abajo, mirándolo.

Lo saludó.

contabilizados doscientos noventa segundos.

Ella salió a las doscientos noventa y cinco.

Él tosió un poco y se sacó los lentes.

¡No se vale!

Perdiste —dijo ella y nadó hacia la orilla.

¡Hiciste trampa!

Vamos, pequeño perdedor —gritó Violeta y él la siguió.

En las noches, antes de dormir, ella le prestaba alguna de sus *Selecciones del Reader's Digest* y él le pedía a Luchito que no apagara las velas tan temprano. Le gustaba leer los artículos más largos, esos que contaban alguna historia increíble, como la de aquella mujer que decía haber estado muerta durante cincuenta minutos, Rosa Gale se llamaba, tenía veintisiete años. La habían operado del corazón, dos horas estuvieron los médicos hasta que dejó de funcionar. Ahí guardaron sus cosas y se retiraron, completamente derrotados. Ya no podían hacer nada. Rosa Gale había estado enferma del corazón desde que era una niña, cinco años tenía cuando sufrió un ataque de fiebre reumatica que lastimó las válvulas de su corazón. Trató de hacer una vida mas o menos normal, se casó, tuvo una hija, era feliz, pero se cansaba mucho, le dolía el pecho. Cuando se enteró —junto a su marido— de que existía la posibilidad de operarse, no lo dudó. Y fue ahí cuando entró a pabellón y después de dos horas, el corazón dejó de funcionar. Intentaron reanimarla, le dieron algunos golpes eléctricos, le inyectaron sangre, oxígeno, adrenalina, pero nada funcionaba. Estuvieron cincuenta minutos tratando de resucitarla, hasta que le inyectaron cloruro de calcio dentro del corazón —Martínez nunca olvidaría esas palabras: «cloruro de calcio»— y entonces volvió a latir.

Despertó media hora después.

Dijo que había tenido el mejor sueño del mundo.

Martínez se lo aprendió de memoria y se lo contó uno a uno a los habitantes de Caleta Negra, partiendo por el Villagra convaleciente, que le escuchó esa y muchas otras historias. A veces también le leía alguno de los reportajes, como ese que se titulaba «Lo que veremos en los próximos 25 años», donde vaticinaban que en los años ochenta los aviones comerciales serían piloteados por un robot y el agua de mar sería purificada para convertirla en agua dulce y así regar los desiertos del mundo. «No hay duda de que para 1980 la semana de trabajo será mucho más corta que ahora y de que los seres humanos vivirán por término medio de diez a quince años más que actualmente. El gran problema no lo constituirá el trabajo sino el qué hacer con tanto tiempo que nos quedará libre. Eso debemos mirarlo y aceptarlo como un don de Dios, como una

¿No te gusta el futuro?

Nos vamos a morirnos antes del 80, amigo. Va a venir una ola y nos va a tragarnos a todos.

No creo, Villagra, puro inventan lo de la ola para que tengamos miedo.

Yo y mi hermano lo soñamos, una misma noche, el mismo sueño. Era una ola gigante y nos tragaba a todos.

Deben haber fumado mucho.

No, amigo, si estuvimos ahí y la vimos: una ola gigante, se tragaba todo, toda la caleta, los botes terminaban allá arriba, en el desierto.

¿Pero cómo viste todo eso, Villagra? ¿Ustedes no morían?

Volábamos, éramos como unos pelícanos. Los botes terminaban en el desierto, allá arriba.

Estaban volaos, eso es cierto —dijo Martínez y se rio.

Lo acompañó harto durante su convalecencia al Villagra chico. Supo que eran huérfanos, que nacieron en Iquique pero que se arrancaron de la casa de una abuela donde no lo pasaban bien. Se tenían el uno al otro y con eso bastaba. Vivieron en otras caletas antes, pero no se sintieron cómodos. Dos bocas que alimentar era siempre un problema. Por eso cuando Riquelme los recibió —hay que levantarse temprano eso sí, les dijo, y trabajar harto—, ellos no lo podían creer.

El viejo no nos preguntó nada —le contó el Villagra chico—. Nadie nos había tratado así, amigo.

A mí tampoco me preguntó nada —le dijo Martínez.

¿Y qué teníai que contarle tú, cabro chico?

Se guasqueaban los fines de semana. Permitían que el relajo hiciera lo suyo. Era importante descansar, eso lo repetía el viejo Riquelme como un mantra. Era el primero en levantarse y el último en ir a dormir, pero estaba convencido de que los fines de semana necesitaban tomarse un tiempo y hacer sus vidas, tranquilos. Hacer lo que quisieran y dejar un rato en paz al mar, también. Dejarlo descansar de ellos. Respetar esos tiempos, esas pausas. Y lo pasaban bien, la verdad. A veces agarraban la furgoneta y salían de excursión por ahí. Otras, simplemente, se que-

ahí. A veces se les sumaba Patricia, que era más recelosa, aunque a ella le gustaban los destilados, así que llegaba cuando salía alguna botella de pisco o si es que el Luchito se había conseguido algo de whisky con sus amigos del puerto, en Iquique. El Chino

Loo era su contacto mayor, el que le suministraba bebestibles y otras hierbas. Un flaco que trabajaba pescando más hacia el norte de Iquique, se paseaba por Caleta Buena y donde lo recibieran, en realidad. Luchito no sabía mucho de él, pero se conocieron en esa cantina que frecuentaba en El Colorado, ahí donde no muchos iquiqueños se animaban a ir, y se hicieron de inmediato amigos, una de esas hermandades que surgen al primer trago. El Chino Loo, su amigo, su hermano, que más de alguna vez lo había tentado con ir a probar suerte a otras caletas, instalarse más al norte o donde se pudiera, pero el Luchito no se animaba. Caleta Negra era su lugar, su familia. Y era feliz ahí, tomando con sus amigos, trayendo algún destilado el viernes, después de hacer las últimas entregas en Iquique, instalándose toda la tarde a compartir con los suyos.

El asunto empezaba así: un poquito de vino, otro poquito más, como quien no quiere la cosa. Después, cuando llegaba la noche, se pasaban al destilado y ya todos se desbandaban. Hacían una fogata, se achoclonaban alrededor, escuchaban el mar retumbar allá al fondo: la espuma, la resaca, el naufragio de lo singular. A veces se sumaba Martínez y tomaba un poco de vino. Escuchaba a los demás contar sus historias. Riquelme parecía haber tenido mil vidas, o al menos el talento para imaginarlas. Que había alcanzado a trabajar en las salitreras, cuando ya el negocio venía de capa caída. Que recuerda perfectamente el día que llegó la noticia de que el salitre sintético acabaría con todo: la anunció uno de sus jefes, un inglés que hablaba un español imposible, torpe, por lo que interrumpió su discurso y se descontroló, insultando en inglés, puros garabatos que nadie le entendió. Después de que lo despidieron, fue a buscar trabajo al sur, a Lota, a trabajar en las minas de carbón. Llegó en invierno y le dieron pega construyendo un canal: le pagaban cinco pesos, le daban vivienda, apenas comía. Ahí conoció realmente lo que era el mundo de los obreros. El salitre le había dado una vida difícil, pero con ciertas comodidades. Allá en el sur ni siquiera tenía dónde ducharse. Nadie se cambiaba de ropa sino hasta que podían comprar alguna percha nueva. Siempre recordaba a sus compañeros de trabajo quemando su ropa antigua, llena de piojos. Ahí aprendió el rigor y, también, a tomar un poco más de la cuenta. No aguantó mucho tiempo y terminó yéndose a Argentina, a trabajar en la construcción de los ferrocarriles.

Atravesamos la cordillera, a pie, Daniel, hijo...

Es fea —dijo Riquelme—, sucia, negra.

¿Cómo va a ser negra?

No vale nada. Mejor el mar.

Debe ser bonito ver todo blanco —dijo uno de los Avendaño.

Es traicionera —insistió Riquelme.

Atravesaron la cordillera más o menos a la altura de San Pedro de Atacama. Se apunaron, cómo no, lo que retrasó el viaje. Llegaron de noche a un pueblito que ya era territorio argentino. De todo ese tiempo construyendo el ferrocarril, nada bueno recordaba, excepto un día que conocieron a un hombre que recorría la cordillera buscando petróleo. Les ofreció sumarse a la travesía, les dijo que se harían ricos, pero no le creyeron. Riquelme siempre pensaba en él, si tuvo suerte, si quizás a esa altura de la vida efectivamente ya era un hombre rico.

Antes de que él siguiera su rumbo, les tomó una fotografía —un retrato— que nunca vieron.

Después, Riquelme deambuló por distintas ciudades del norte hasta que llegó a Caleta Negra.

En ese deambular, perdió la mano. Pero de aquel accidente, esa noche y todas las noches, nunca habló. A esa altura del relato, el vino y el pisco hacían lo suyo y alteraba detalles, fechas, nombres.

Entonces, le tocaba a otro agarrar micrófono.

Violeta era buena para eso. Tenía una batería de historias que le había robado —se enterarían años después— a doña Berta, que en estricto rigor no era amiga de Riquelme, sino que lo conoció por su marido, don Guillermo, un dirigente sindical, comunista, que había estado detenido en Pisagua para la época de la Ley Maldita. Murió poco después de salir libre. Un ataque al corazón. Tenía cincuenta años.

Ella se quedó sola. Y mantuvo el contacto con Riquelme y se hizo amiga de Violeta. La recibía con almuerzo a veces. Le hablaba de su marido o de lo que estaba leyendo. Prefería las novelas históricas, y gozaba con las *Selecciones del Reader's Digest*, a pesar de que a él nunca le gustaron. ¡Propaganda gringa! Doña Berta las coleccionaba en secreto, pero cuando enviudó, optó por deshacerse de ellas.

Violeta estaba de acuerdo con don Guillermo, pero no podía dejar de leerlas. A veces —le contó a Martínez—, se imaginaba escribiendo una de esas historias, reporteándolas. Las que más disfrutaba eran las de la guerra. El problema es que se contaba siempre la versión de los aliados. Ya le aburría tanto heroísmo norteamericano, tanto desembarco de Normandía. En unas revistas que le pasó doña Berta, alguien hacía mención a las ciudades alemanas que fueron bombardeadas por la R.A.F. Imposible recordar sus nombres, pero había un par de cifras que la noquearon: eran más de cien ciudades alemanas

tendrían que haber arrasado? Imaginaba la ciudad en llamas, el teatro municipal convertido en escombros, el puerto incendiado, la gente arrancando a los cerros, buscando cobijo en el desierto, la tierra temblando con los bombardeos.

¿Dónde cabían seiscientas mil personas?

Esa noche, mientras todos bebían menos ella —Martínez, silencioso, ya llevaba a esa altura un par de copas de vino—, les contó de unos físicos británicos que estudiaron la posibilidad de crear una bomba atómica para lanzarla en el corazón de Alemania y terminar, de una buena vez, con la guerra.

¿Y por qué no lo hicieron? —le preguntó el Villagra chico, quien después de varios meses aún no se recuperaba por completo de la operación.

No tuvieron tiempo. Después la crearon los gringos y mira lo que hicieron.

¿Qué hicieron? —preguntó uno de los Avendaño.

¡Se la tiraron a los japoneses!

¿Cuándo? ¿Dónde?

¡La tiraron en Japón po, tarao! —respondió el otro Avendaño.

Dij en que todos mí i hilen que prefer en 1 i gue-rra —interrumpió Riquelme.

Sí, un cabro de Antofagasta, ¿no?

Sí, aunque no sé si era tan cabro.

Debe ser mentira —dijo Patricia—. Los chilenos somos buenos pa mentir.

No, los más mentirosos son los argentinos. Yo los conocí allá en la cordillera. Mentirosos, chamullentos, puro blablá.

Yo no conozco argentinos —dijo el Villagra grande—, pero los chilenos son güenos pa mentir. Son traicioneros.

Oye, pero tú también soi chileno.

Todos somos chilenos acá. ¡Viva Chile, mierda! —dijo el Villagra grande y levantó su vaso para hacer un brindis. Los demás lo acompañaron, felices. Violeta se aburrió y se fue a dormir.

Esa noche no los bombardeó ningún avión de la R.A.F., pero una neblina comenzó a bajar poco antes de la madrugada mientras el mar se ponía más bravo. Y probablemente fue aquella neblina la que ayudó a la confusión —y el vino y los destilados, por supuesto, y las altas horas de la noche—: en un momento imposible de determinar con exactitud, entraron al mar Riquelme y uno de los Avendaño, el mayor. La competencia consistía en quién nadaba más rápido hasta donde terminaba el roquerío: ida y vuelta.

Con un brazo menos te dejo en vergüenza, pedazo de porquería, le dijo Riquelme antes de que empezaran a correr a la orilla. Los siguieron Martínez y los hermanos Villagra. Los Cáceres y el otro Avendaño ya dormían a esa hora de la madrugada

de mar, imbatible—, mientras que el menor estaba confiadísimo en las aptitudes de Avendaño: joven, atlético, competitivo, imposible que perdiera, tendría que ocurrir un milagro.

¿Y a quién le va Martínez?

Lo observaron un rato que se fue extendiendo más de la cuenta al punto de quebrarse por completo cuando entendieron lo que pasaba: Martínez se sacó el chaleco y se lanzó al mar.

Logró capear un par de olas con bastante dificultad —el mar negro, bravo, lo empujaba hacia fuera, descontrolado—, y cuando llegó al final del roquerío se encontró con Avendaño. Estaba sujeto, firme, a una roca, dejando que el mar lo golpeara, sin poder moverse. Resistía. No hablaba. No era capaz de decirle a Martínez dónde estaba el viejo Riquelme.

El susto les quitó de un golpe la borrachera a los hermanos Villagra, que llegaron unos minutos después donde Avendaño. Lo ayudaron a subirse al roquerío y se lanzaron en búsqueda de Riquelme.

Abajo, el mar era una pregunta negra, imposible. Martínez se movía de un lado a otro, esperando que alguno de esos movimientos lo llevara a tocar al viejo, sólo necesitaba eso, tocarlo en medio de la oscuridad para arrebatárselo al mar, un contacto leve, fugaz, no pedía otra cosa, sólo el roce de los cuerpos, pero la marea alta les jugaba en contra, la noche no se iba nunca, el viento empeoraba la situación.

Martínez subió a tomar aire. Los hermanos Villagra nadaban un par de metros más allá. Avendaño seguía tosiendo. Algo pasó bajo sus pies. Lo sintió, Martínez, abajo, leve, algo lo rozó. Sintió un escalofrío. Nunca había entrado al mar de noche. Nunca lo volvería a hacer, pensó antes de volver a sumergirse; no había que perder la calma, todo estaba en su cabeza, le dijeron tantas veces, bajó un poco más de lo sugerido, cerró los ojos y dejó que el mar lo arrastrara. No opuso resistencia en aquellos segundos, se alejó de las rocas y de los hermanos Villagra, el mar abierto lo esperaba intrépido; abrió los ojos, ahora nadó un poco más al fondo. Allí estaba, flotando, boca abajo, Riquelme. Lo agarró del muñón y lo llevó a la superficie.

Arriba de ellos, una bandada de gaviotas los sobrevolaba, graznando fuerte, a esa hora en que el sol recién iba a empezar a asomarse.

Riquelme estaba inconsciente. No respiraba. Los hermanos Villagra ayudaron a sacarlo del mar.

Tendido en las rocas, le hicieron reanimación.

El viejo volvió a la vida, rápido, porque tragar un poco de agua no le hacía mal a nadie, les dijo después, cuando abrió los ojos y se empezó a reír.

¡Viejo de mierda! —le gritó el mayor de los Avendaño y él siguió riéndose.

Riquelme se enrolló en una frazada, junto a la fogata, y se tomó un último trago de vino con las

¡Ven, cabro, te ganaste un premio!

Ya, déjelo, no lo moleste.

¡Me salvó la vida!

¡No sea catete!

¡Me salvó la vida!

Los inviernos nunca fueron amables. Julio sobre todo, el mar se irritaba, una cosa imposible, mañosa, no había forma de planificar más allá de un par de días. Si andaba de malas, podía dar vuelta un bote o arruinar la pesca de la mañana. Riquelme creía mucho en su intuición, y si su intuición decía mejor no salir, pues entonces preferían quedarse aunque eso significara tener que apretarse el cinturón.

Martínez se deprimía con las nubes, lo tumbaban. Eso no cambió nunca. Ya en Calama se ponía triste cuando amanecía algo abochornado. Y aquí fue igual: se deprimió el primer invierno que pasó en Caleta Negra y también el cuarto, el quinto, el sexto. Después perdió la cuenta de los años que llevaba en aquel lugar. Había un calendario donde los Cáceres, pero era del 59 y nadie se preocupó de cambiarlo. Nunca lo dijo en voz alta, pero seguro que Violeta contabilizaba el paso de los días. Era ella la encargada de las noticias, de mantener a la caleta informada de lo que podía estar ocurriendo en Chile o en el extranjero. Los jueves o viernes se robaba algunos diarios de la panadería El Castillo. Los leía en la furgoneta y después los compartía, con Riquelme sobre todo. La única vez que la esperaron con ansias fue para el Mundial del 62. Guardaron durante un buen tiempo esos ejemplares. Riquelme hasta se compró una radio a pilas, pero la señal llegaba muy débil a la caleta, por lo que dependían de los diarios para saber cómo le había ido a Chile en la primera fase. Fue tanta la impaciencia en la etapa final del mundial que los Avendaño —los más futboleros del grupo— le pidieron a Luchito cambiar de roles. Aquella semana de junio cuando Chile enfrentó a la Unión Soviética, no se pudieron aguantar y partieron ese domingo a Iquique. Pensaron, de hecho, en ir a Arica, al Carlos Dittborn, a ver a la selección, pero a esa altura iba a ser imposible conseguir entradas. En Iquique, al menos, pudieron seguirlo por la radio y gritar los goles de Leonel Sánchez y Eladio Rojas; el de Eladio Rojas lo gritaron hasta quedarse sin voz, no obstante

quería matar, pero como llegaron con la buena nueva, el viejo los perdonó rápido.

Para la semifinal con Brasil no pudieron ir a escucharla a Iquique, por lo que al día siguiente encendieron la furgoneta apenas regresaron los botes con la pesca y partieron. No fue necesario preguntar nada, porque las caras largas de la gente ya lo decían todo. En cualquier caso, Violeta les consiguió un ejemplar de *La Nación*, donde pudieron leer en detalle lo que ocurrió en el Estadio Nacional y cómo nos pintaron la cara, con goles de Garrincha y Vavá.

Del partido con Yugoslavia por el tercer lugar no recordaban nada. Se empezaron a guasquear como tres horas antes del comienzo. Ya estaban dados vuelta cuando el árbitro español dio el pitazo inicial. Por eso estuvieron tanto tiempo agradeciéndole a Violeta que les hubiera conseguido *La Nación* de esos días.

Riquelme no sabría decir si aquellas semanas del mundial el negocio estuvo mejor que de costumbre. La rutina no cambió en lo absoluto, más allá de que Luchito se tuvo que hacer cargo del mantenimiento de los botes. Le pidió ayuda a Martínez, quien ya en ese entonces había empezado a salir al mar Patrían en El Huáscar y en La Morena, escoltados por El Ojito, donde iban los hermanos Villagra. Riquelme se quedaba en tierra para recibir la pesca y ordenar los pedidos que partirían a Iquique.

Por lo general, Martínez se encargaba de lanzar las redes y de supervisar que todo estuviera en orden, mientras los demás se metían al agua a mariscar o a cazar pescados de roca. Si Patricia andaba de buen humor —y el mar también—, le pasaba un arpón y lo invitaba a sumergirse cuando ya comenzaba a amanecer.

Al principio se lanzaba así, un poco a la buena de Dios, con su traje de baño nomás y los lentes que le había regalado Violeta. Después de algunos meses probándolo, Riquelme le pasó un traje —que a Martínez le quedaba grande, pero eso no le quitaba la alegría de vestirse como los demás— y ya el asunto cambió. Aunque realmente sintió que era uno más de ellos cuando Patricia llegó, de sorpresa, con un par de aletas negras.

Fue una mañana de aquellas, cuando lo vieron sumergirse para cazar, que alguien dijo que Martínez se movía abajo como si fuera un chungungo, con ese ritmo sinuoso, inesperado, imposible de capturar.

A Violeta le pareció el sobrenombre perfecto.

Y el resto se sumó.

Martínez, de un día para otro, nunca más fue Martínez, y entonces empezó a ser Chungungo.

Tenía todo el sentido del mundo: nadaba rápido entre los bosques de huiro hasta llegar a las rocas y cazar como un salvaje —inteligente, precise, i...

con buscar algún pejeperro, que se escondía con más talento que otros. Gastaba mucho tiempo y energía, y al final no capturaba nada. Lo único que conseguía era llevarse un reto de Patricia y Violeta, que lo subían y lo bajaban mientras regresaban a tierra. Él escuchaba en silencio, masticando lo que realmente pensaba: que ese era el camino, que ya tendría un poco más de suerte, que la próxima vez el mar estaría de su lado.

Y sí, a veces lo acompañaba la suerte y algún pejeperro se asomaba entre las rocas. Debía operar con eficacia: cuando estaba seguro de haber encontrado el escondite, lo punzaba con el arpón y luego subía, rápido, para mostrárselo a Violeta.

Cazar un pejeperro significaba visita donde doña Berta, y una visita donde doña Berta significaba que le regalaran algunas *Selecciones del Reader's Digest* y almorzar un pedazo grande de carne con papas doradas, quizá su comida favorita de la vida.

Las estadías en Iquique se habían extendido un par de horas gracias a la muchacha que atendía la panadería El Castillo. Luchito empezó a coquetearle sin mucha esperanza, pero ya luego de unas semanas logró avanzar lo suficiente como para arrancarse una horita a caminar por la Plaza Prat o recorrer Cavancha mientras se tomaban una Coca-Cola.

Chungungo pensaba —estaba seguro— que tomarse una Coca-Cola era una metáfora, pero un día, con Violeta, salieron más temprano de la casa de doña Berta y los vieron ahí, en la Plaza Prat, conversando, acurrucados. La muchacha se llamaba Alejandra pero le decían Jani.

Luchito y Jani.

La metáfora en algún momento, por supuesto, se hizo realidad, por lo que los almuerzos donde doña Berta tuvieron que extenderse. Ella, a veces, los dejaba solos en el living y se iba a dormir una siesta. Violeta se acostaba en un sofá grande, negro, a leer el diario, y él se tiraba en el suelo a mirar las *Selecciones del Reader's Digest*. Se emocionaba cuando descubría alguna historia chilena en medio de las páginas. Aunque decir historia chilena es un decir, pues en realidad casi siempre estaban protagonizadas por alguna gringa que llegó de casualidad a Santiago. Marie Schultze, por ejemplo, que recibió la Orden al Mérito a «la mujer más importante del país». Una enfermera que había nacido en Baltimore y que llegó a Chile en 1946, donde fundó una clínica de maternidad. La condecoraron «por haber traído al mundo ocho mil criaturas». Una mujer cristiana, devota, humilde, bondadosa, a quien le dedicaron un reportaje de cuatro páginas que Chungungo leyó atentamente aunque algo desilusionado, pues a los pocos párrafos

Daltonismo:
a) Defecto visual
b) Una secta
c) Un movimiento político
d) Intolerancia religiosa

(¿A o C? Un movimiento político llamado Daltonismo, por supuesto: votaría por ellos).

Insulina:
a) Una hormona
b) Quinina
c) Una sal
d) Opio
(¿Insuqué?).

Lúgubre:
a) Lúdico
b) Macabro
c) Fúnebre
d) Cruento
(Fúnebre, obvio, le había escuchado las dos palabras a Violeta).

Zipizape:
a) Zumbido
b) Una riña
c) Zapateado
d) Un lío
(¿De dónde sacan estas palabras?).

Cuando se aburrió, dio vuelta la página y buscó las respuestas.
Daltonismo: a)
(¿Un defecto visual?).

Insulina: a)

(¿Insuqué?).

Lúgubre: c)

(¡Bien!).

Zipizape: b)

(¿Riña ruidosa? «¡Qué zipizape armaron en la taberna!»).

Cuando años después Chungungo conociera España iba a recordar esa palabra y pasaría buena parte del viaje intentando convocarla en alguna conversación, sin éxito, por supuesto.

Ese viaje sería un desastre. Iba a irse a negro cuando estuviera en las profundidades del Mediterráneo, en las costas españolas, una mañana de 1973.

Black out.

Un cuerpo inerte al fondo del mar.

Pero aquella tarde, esa tarde en la casa de doña Berta, España era simplemente una palabra más entre todas esas historias que iba leyendo en las *Selecciones del Reader's Digest*. Doña Berta dormía una siesta

mo, varias repisas colmadas de libros y enciclopedias, unos tomos viejos lleno de biografías de hombres notables, hombres que Chungungo no tenía puta idea quiénes eran, qué habían hecho para merecer estar ahí, en esos tomos gruesos, empastados, pero entendía —al leerlos un poco, al hojearlos, al ver las condecoraciones y los descubrimientos y los premios y los éxitos— que él y los suyos no tenían nada que ver con esas vidas, que sus biografías, sus hazañas, sus derrotas y sus modestos triunfos nunca llegarían a ser parte de un libro, no había forma, pero si don Guillermo los tenía ahí, en su biblioteca, valdría la pena leerlos, conocer esas vidas ajenas.

Miró varios libros, se sentó un buen rato a hojearlos y cuando calculó que ya no quedaba mucho para que despertara doña Berta, fue a su lugar favorito de la casa: el baño.

Encerrarse en el baño de doña Berta era una de las cosas que más disfrutaba en la vida. Se sentaba en el wáter con el diario y podía estar ahí diez, veinte, treinta minutos leyendo, feliz. Miraba el bidet, la ducha, el lavamanos. Imaginaba cómo sería bañarse ahí, el agua cayendo desde esa ducha, el agua caliente, seguro que podría estar una vida entera ahí, bajo el agua. Se contemplaba largo rato en el espejo, su pelo negro, largo, y esas pelusas que ya le crecían en el bigote. La piel oscura, brillante, los labios gruesos, la nariz levemente quebrada, se parecía a su padre según él, aunque esa nariz, esos labios y esos ojos caídos eran de su madre. ¿Cómo iba a negar esos dos lunares que tenía bajo su ojo izquierdo?

Abría los labios y le mostraba los dientes al espejo, los dientes blancos, algo chuecos, la corrida de abajo sobre todo, quizá no tan blancos, pero el contraste con la piel los hacía brillar.

Después volvía a deambular un poco por la casa —el único lugar prohibido era la habitación de doña Berta— y miraba todos los papeles que se acumulaban en los rincones, propaganda de la última elección presidencial —la perdió el candidato que apoyaba doña Berta, como siempre; la tercera derrota consecutiva, pero iban a insistir. O eso, al menos, fue el mensaje que le transmitió a Violeta el día después de la elección: es un camino largo, es un camino largo, es un camino largo, compañera.

Violeta le había ayudado, durante las pocas horas que visitaba Iquique, a repartir volantes en las calles y la acompañó a un par de concentraciones, sosteniendo un cartel que decía: «Ahora le toca al pueblo: Allende». Nunca coincidió, eso sí, con alguno de los viajes del candidato a Iquique, pero doña Berta le transmitía el entusiasmo y sus palabras. Ella la escuchaba, atenta, y se guardaba todo eso, pues un día llegó a la caleta a contar cómo había sido una de las

ella respondió cualquier cosa. Cuando supo que habían perdido, tuvo mucha rabia, muchísima, pero entonces doña Berta le dijo eso de que el camino era largo y ella, al parecer, lo entendió. O hizo como si lo hubiera entendido.

Chungungo se acordó de aquellos días: miró la propaganda, los papeles acumulados en los rincones, la cara de Allende, las frases, las consignas, nada de eso servía. Y como nada servía, pasó a otra cosa. Se quedó pegado, sobre todo, viendo las fotos del difunto don Guillermo, retratos con personas importantes, terneados todos, con sombreros, en blanco y negro, el mundo era en blanco y negro aunque sus manos oscuras —que sostenían las fotos— parecían decir lo contrario. Siempre se quedaba pegado en aquella imagen en la que don Guillermo aparecía al lado de un hombre que le sacaba varios centímetros de distancia, diez, veinte quizás, un hombre encorvado, algo triste, que mira a la cámara sin mucha convicción, una barba de varios días, un terno claro, ellos dos solos y atrás el mar tal vez, un puerto, no quedaba claro, pero la sonrisa de don Guillermo parecía colmar por completo la imagen, la desbordaba.

Atrás, una dedicatoria escrita con una letra imposible.

¿Qué está mirando el niño Martínez?

Chungungo se asustó y dejó caer el retrato. Por suerte el marco de madera no se rompió.

Hacía mucho que nadie lo llamaba por su nombre.

Dígale Chungungo, doña Berta —le dijo Violeta, que se despertó con el golpe—, si ya no es más Martínez, ahora es don Chungungo.

¿Chungungo Martínez?

¿Es como nombre de boxeador?

Obvio que no.

¿Le gustaría ser boxeador?

Cuando llegó a la caleta, puro hablaba de boxeadores y de no sé qué más.

Por aquí se supone que vivió Arturo Godoy.

¿En serio?

¿Cómo se llama el que te gusta? ¿Es ese?

No, el Tani Loayza. Pero también me gusta Arturo Godoy.

¿Y el Tani Loayza vivió por acá? —preguntó Violeta.

No, nació en un barrio que se llama El Matadero.

Sí, ahí pasado Sotomayor. Seguro que debe haber ido a tomarse una copita al Dándalo, con los matarifes. Supongo que todavía funciona.

Deberíamos ir —dijo Violeta.

Ya no vive ahí.

Pero imagínate conocer su casa. Tal vez hicieron un museo.

No creo.

Cuando quieran los acompaño —dijo doña Ber

preparando un té, el té de las cuatro de la tarde que, sagradamente, se tomaba doña Berta.

Desde el baño no se oía la conversación, pero luego, camino a la Plaza Prat a encontrarse con Luchito, se enteraría de que doña Berta le propuso a Violeta ser su asistente, necesitaba alguien que la ayudara con la casa y con su trabajo. Era dactilógrafa y el partido le pedía transcripciones de los discursos de los compañeros en Santiago —que grababan los dirigentes cuando viajaban— y a veces también del extranjero, de Cuba, de Argentina, de Uruguay. En el escritorio, al lado de la pieza de doña Berta, había una Underwood «golden touch», reluciente, que ninguno de ellos había visto, la consiguió don Guillermo —quién sabe cómo— para que ella colaborara con el partido. Seguro que alguien la había entrado por el puerto. El asunto es que estaba en el escritorio, algo escondida, pero ella casi no la usaba desde que había muerto don Guillermo. En el partido respetaron el luto —y le seguían pagando como si ella continuara trabajando para ellos—, pero ya se estaba aburriendo de no hacer nada y, entonces, le propuso a Violeta que fuera su ayudante.

Me dijo que quizá podíamos irnos a vivir a Santiago, que los compañeros le conseguirían una casa, que ella me enseñaría a usar la máquina de escribir, que no era difícil —dijo Violeta.

Chungungo la escuchó en silencio, durante todo el trayecto a la plaza.

Cuando divisaron a Luchito con la Jani, ella le advirtió que no le contara a nadie.

Te mato si hablai, Chungungo.

Él movió la cabeza.

Dejó de ir a Iquique durante varias semanas.

Inventaba alguna excusa y se quedaba en la caleta, ayudando con los botes o en lo que hubiera que hacer.

Violeta le seguía llevando revistas y libros, pero él sólo los hojeaba. Comenzó a pasar más tiempo con los Avendaño y con los hermanos Villagra. Salían en El Huáscar a visitar otras caletas cercanas. Una tarde partieron a la desembocadura del Loa, a ver si pillaban camarones, pero no encontraron nada. Los inviernos nunca fueron amables.

El viejo Riquelme no volvió al mar. Consideró que Chungungo ya estaba listo para dedicarse exclusivamente a la pesca. Lo había ido probando de a poco, sobre todo en los días en que Violeta y Patricia no podían lanzarse al agua.

Chungungo fue mejorando su técnica, afinando su respiración, aguantando más en el ir y venir entre la profundidad y la superficie, resistiendo como uno más del grupo. Tenía dieciocho años, estaba lleno de energía y, curiosamente, había comprendido rápido cuáles eran sus limitaciones, sus puntos críticos, aquellas zonas que debía perfeccionar. El único problema que le veía el viejo Riquelme era que a veces, al menos un par de días al mes, Chungungo se iba para adentro y, entonces, se volvía un personaje indescifrable, algo incómodo: no hablaba, no se reía, sólo partía temprano en alguno de los botes y se lanzaba como una bestia al mar.

Salvo esos días, Chungungo era un personaje que se hacía querer y que había ido ganándose el respeto del grupo.

Cuando se reunían los fines de semanas a chupar, él se sumaba, tímido al comienzo, con un vasito que rellenaba cada cierto rato con vino, ese vino tinto que compraba en garrafas Luchito, gracias al dato del Chino Loo, en una botillería clandestina de Iquique. Era bueno el vino, los labios y dientes morados, las risas y Chungungo que agarraba confianza y se lanzaba con alguna historia de esas que leía por ahí. Como estaban todos ya bastante guasqueados, ninguno se daba cuenta de que Chungungo agarraba micrófono sólo cuando Violeta se iba a dormir. No quería que ella lo corrigiera ni que se diera cuenta de dónde había sacado, exactamente, la historia con la que se aventuraba a esas horas de la noche.

Una que siempre le pedían que contara era la del colombiano que se había ido de vacaciones a Machu Picchu, en tren, y que a eso del mediodía, con el sol ya arriba, instalado, incesante, algo dormido el muchacho, se supone, se bajó en mitad del camino y apareció un mes después en plena estepa rusa, arriba del transiberiano. Pedro Muñoz Muñoz era su

Le pedían detalles, que reconstruyera paso a paso el comienzo del viaje en el Cusco, cuando se subió con una maleta de cuero y no mucho más. Él insistía en que cerró los ojos, para dormitar un poco, sabía que no faltaba mucho para conocer las ruinas de Machu

Picchu, y cuando los abrió, estaba en mitad de aquella noche blanca, arriba del transiberiano, quizás en qué lugar de esos nueve mil kilómetros que el tren recorre constantemente. El problema es que entre que cerró los ojos y los abrió, transcurrieron más de veinte días. No faltó el periodista que lanzó la hipótesis de que lo habían raptado unos extraterrestres, que ya es sabido por todos que Machu Picchu es tierra fecunda en avistamientos de luces en el cielo. Chungungo contaba la historia y después se pasaban horas elucubrando qué sucedió realmente en esos veinte días con el colombiano.

La idea de los extraterrestres les fascinaba a los hermanos Villagra y a los Avendaño, quienes aseguraban haber visto en el cielo de Caleta Negra, durante la noche, luces inexplicables que zigzagueaban por varios minutos para luego desaparecer de golpe, luces que no eran estrellas fugaces porque las estrellas fugaces, decían ellos, no se movían de un lado a otro como si estuvieran jugando a pillarse.

Iban a invocar esa historia, una vez más, aquel invierno de 1966, cuando el viejo Riquelme decidió ir a pagar una manda a La Tirana, con todo el choclón de Caleta Negra. Esa era la idea original, aunque se quedaron abajo la mamá de Riquelme, los Cáceres y los hermanos Villagra. No podían dejar sola la caleta y no todos querían ir a pagar una manda en esos días en que La Tirana se desbordaba de gente, con los bailes y el tumulto celebrando el

16 de julio a la Virgen del Carmen. El tiempo tampoco los acompañaba. Esos días nublados terminaban con unas ventiscas que irritaban al mar.

Sin embargo, una manda es una manda, por lo que ahí estaban, arriba de la furgoneta, atravesando el desierto, casi al atardecer, cuando el cielo y la tierra se cubrían de un manto púrpura, el viejo Riquelme, Luchito, Violeta, los Avendaño y Chungungo, que no despegaba la vista de la ventana, del cielo en realidad, como esperando que apareciera algo allá arriba, en el cielo abierto, púrpura, casi transparente.

Ya, Chungungo, te toca contar una historia —le dijo el viejo Riquelme y entonces le pidieron la del colombiano, pero que esta vez se detuviera más tiempo en cómo fue que despertó en el transiberiano, exigían detalles, querían que fuera lo más preciso posible, que no viniera con esas salidas que tenía de pronto, cuando se aburría de la historia y los dejaba ahí, a la intemperie, con un montón de dudas que ellos no se merecían.

¿Cuál es la historia del colombiano? —preguntó

joven paisa, Pedro Muñoz Muñoz, miraba desde su ventana, en aquel modesto vagón del transiberiano.

Chungungo le puso color como nunca lo había hecho; sabía que apenas guardara silencio, Violeta dispararía un arsenal de preguntas incómodas y él, por supuesto, no estaría preparado, nadie podía estarlo. Ella iba a reconocer muchos de esos detalles que él entregaría del viaje por la estepa rusa, seguramente a aquella altura del relato, cuando el joven colombiano se lanza desde el vagón y queda tirado en medio de la nieve, buscando ayuda, ella recordaría el reportaje, la historia real que no era protagonizada, como pueden imaginar, por ningún joven colombiano.

Era simplemente la crónica de viaje de un periodista gringo que recorrió los nueve mil trescientos kilómetros del transiberiano para contarle al mundo de las miserias y la pobreza del imperio soviético.

No había colombianos.

No había viaje a Machu Picchu.

No había extraterrestres.

Sin embargo, Violeta guardó silencio.

Todo el grupo escuchó atentamente al Chun gringo y cuando terminó la historia, cuando el joven paisa despierta en un tren a miles y miles de kilómetros de donde debía estar, el desierto había cambiado de color y ya no era púrpura sino negro, el camino de tierra iluminado por las luces de la furgoneta y el cielo parpadeando allá arriba, el cielo del relato convertido en el cielo del desierto, y se largaron a hablar del destino de ese joven colombiano mientras ella escuchaba, sin decir una palabra.

Y en lo que quedó de viaje, hasta que llegaron a La Tirana, a la casa de una conocida del viejo Riquelme, Violeta continuó en silencio.

Llevaron de regalo un par de bombas de erizo y algo así como dos kilos de locos, que se comieron al almuerzo del día siguiente en un guiso sublime y esperanzador.

Aún quedaban varios días para que fuera la fiesta de La Tirana, pero ya el pueblo estaba lleno de feligreses. La casa donde se alojaron, de hecho, tenía varias piezas ocupadas por jóvenes que se habían instalado desde hacía semanas para ensayar los bailes que le dedicarían a la virgen: las famosas diabladas que los grupos preparaban durante meses, los bailes, las coreografías, los trajes llenos de detallitos, de pequeños materiales, nada quedaba al azar.

Esa noche recorrieron el pueblo, fueron a la iglesia —aunque estaba cerrada— y se quedaron un rato observando a un grupo que ensayaba en la plaza. Una pequeña bandita marcaba el compás que el grupo seguía, mientras una mujer, sentada frente a ellos, con un aparato electrónico que desconocían, los grababa, a la banda, el compás, las percusiones, los bronces. Era una mujer ya mayor, el pelo corto, negro, canoso en manto de alpaca rojo, imponente.

El Chungungo se quedó pegado en ella y en ese aparato que manipulaba. Le pareció haberlo visto alguna vez, una foto, quizás en la publicidad de las *Selecciones del Reader's Digest*. La mujer presionó un par de botones cuando la bandita dejó de tocar. Ahí le pasaron una guitarra y estuvieron cantando un rato, en esa plaza que los 16 de julio se desbordaba de feligreses, esperando bajo el sol para saludar a la Virgen del Carmen. La sacaban a dar una vuelta por el pueblo —su figura imponente, grande, y su manto café oscuro— al ritmo de las diabladas y de las banditas que celebraban su día.

Vamos a escucharla —le dijo Violeta y lo agarró de la mano. Se acercaron a la mujer y su guitarra. Cantaba algo que parecía una cueca, pero que podía ser otra cosa, ellos no sabían nada de música más allá de la que a veces escuchaban en la casa de doña Berta.

La mujer recorría el norte, les dijo, grabando la música de cada pueblo, porque cada pueblo tenía su canto, decía ella, y no debíamos permitir que aquellos sonidos se perdieran, se olvidaran.

La guitarra era una parte más de su cuerpo. Rasgueaba con fuerza, dándole golpes a las cuerdas, y cantaba algo cuya letra era imposible de descifrar: un lenguaje privado, oscuro, una letanía y la voz quebrada, quejumbrosa: algo se estaba muriendo en un país donde los muertos pueden vivir; el cielo agujereado, roto, algún día los iba a iluminar. Arriba de ellos el mundo parpadeaba y no eran capaces de mirar más allá de las notas que esparcía aquella mujer y su guitarra. ¿De dónde venía ese sonido? No eran simplemente un puñado de acordes multiplicados, no, era otra cosa. ¿Cómo lograba que aquella guitarra se convirtiera en tantos instrumentos a la vez?

El resto del grupo volvió a casa y ellos se quedaron un rato hasta que las luces del pueblo se fueron apagando. Los diablos dejaron de bailar, la bandita guardó los instrumentos, se acabaron los acordes. Ella, la mujer, guardó también su guitarra, junto a la grabadora, y se perdió en la noche.

Violeta le agarró la mano al Chungungo y caminaron hacia la entrada del pueblo. Lo soltó en la oscuridad y empezó a trazar, con su mano, una figura en el cielo. Lo único que se escuchaba era el viento, un silbido largo, imprudente. En unas semanas, los feligreses se tomarían el pueblo. Llegarían varios días antes a pagar sus mandas, caminarían desde Iquique o Pozo Almonte, algunos lo harían de rodillas, arrastrándose, para agradecerle a la virgencita; las rodillas sangrando, los codos, los labios resecos, las manos rotas bajo el sol, un cuerpo —muchos cuerpos— tirado en medio del camino buscando piedad. La Tirana envuelta en un baile sin fin, todo lo tiempo a punto de

dose al ritmo de los bronces, las máscaras, ellos verían al día siguiente las máscaras de los diablos, sostendrían una en sus manos, pesada, pesadísima, los diablos bailando con sus trajes bajo el sol tremendo del mediodía.

Ellos aferrados a las máscaras para espantar a los malos espíritus.

Los malos augurios.

El viento de medianoche.

Violeta seguía trazando con sus manos una figura indescifrable.

Me voy —le dijo.

Vamos.

No, tonto, me tengo que ir.

¿Por qué?

Tú también te vas a ir —dijo ella—. Algún día hay que irse.

No, yo no me voy a ir.

¿Apostemos?

Yo me voy a ir a acostar —dijo él y caminó de vuelta al pueblo.

¿Por qué te pones así?

Chungungo no respondió.

Temprano, Riquelme despertó y fue a la iglesia a pagar su manda. Estuvo una hora de rodillas frente a la Virgen. Le costó mucho ponerse de pie. Tambaleó un rato, no podía sostenerse sin algún apoyo. Tomó asiento y esperó que las rodillas se le afirmaran.

Volvieron a Caleta Negra después de almuerzo.

No hubo historias en el camino.

Chungungo se fue durmiendo en el último asiento de la furgoneta. El viejo Riquelme había llevado su radio a pilas, que por fin funcionó. Sintonizaron un par de estaciones gringas. Daba lo mismo que hablaran en inglés, al menos tocaban canciones. Según Violeta, eran radios del sur de Estados Unidos, porque la música que sonaba era música negra. Se notaba en los vozarrones de las cantantes, explicó ella.

Nadie la contradijo.

Seguro debía tener la razón.

La neblina comenzó a bajar, antes del amanecer, sin que nadie lo advirtiera.

Se subieron a los botes, como siempre, y partieron mar adentro: Violeta, Patricia, uno de los Avendaño, el Villagra chico y el Chungungo. Era sábado y, de forma excepcional, tenían que ir a entregar un pedido a Iquique que les hizo un cliente amigo de Riquelme: un par de kilos de albacora, piure, locos y un saco de choritos, ojalá bien grandes, pidió. Pagaba bueno el amigo de Riquelme, y lo necesitaba al mediodía, así que partieron temprano, sin mucho ánimo eso sí, medios dormidos aún, callados, pero ahí estaban, arriba de los botes, alejándose de la orilla, de la tierra.

Si alguno de ellos hubiera dejado de mirar el mar, el horizonte, y se hubiera dado media vuelta, hubiese visto cómo la neblina comenzaba a bajar desde los cerros, esos cerros grises que parecían ser una pared de contención, un muro, un límite: tras ellos, kilómetros y kilómetros de desierto, la tierra seca, hostil, donde había nacido Chungungo, ese territorio de alegrías pequeñas, inútiles, ciegas; los cerros listos para resistir aquel día en que el mar se desbordara, el límite de una vida que era la vida de ellos, de los que se quedaron en tierra y sobre todo de los que ya iban arriba de esos botes, medios dormidos todavía, en silencio, sin ánimos para darse media vuelta y mirar cómo la neblina lo iba cubriendo todo.

Acostumbrados al movimiento del mar, algunos, los que podían, dormitaron un rato hasta ya perder de vista la orilla.

El mar sin orillas.

Las olas inquietas, oscuras, imposibles de reconocer. El cielo negro, la luna completamente desaparecida. Y ellos, preparados, ahora sí, para lanzarse y buscar lo que necesitaban.

Los trajes, ya usados en exceso, no aislaban por completo el frío del mar, punzante, que los despertaba mientras descendían. La visibilidad no era la óptima, pero habían desarrollado a tal punto la in-

La marea, a su antojo, movía las piezas, de vez en cuando, pero no lograba desordenar el mapa que llevaban incrustado en su memoria. Chungungo se perdió al comienzo, pero luego no demoró en arponear los congrios que buscaba. Fue un trabajo rápido, sincronizado, poco más de una hora y ya estaban en los botes de regreso a Caleta Negra.

A esa altura, cuando divisaron, apenas, la orilla, aquello que bajaba desde los cerros no era, precisamente, neblina, sino más bien una nube densa, hermética, que parecía una ola gigante, un tsunami descendiendo, incontrolable, hacia el mar.

Trataron de acercarse a tierra, pero fue imposible. El punto de quiebre de las olas se acercó varios metros a la orilla, impidiendo que los botes lograran traspasarlo.

Conchetumadre —dijo el Villagra chico cuando vio que la nube ya se había tragado las casas y se formaba, en la costa, una especie de remolino: volaban los pedazos de cholguán, los restos de un par de colchones y, en la orilla, los botes se golpeaban unos a otros, o más bien lo que quedaba de esos botes, que ya habían soltado amarras y en cualquier minuto se perderían en el mar.

Patricia y Violeta se lanzaron al agua casi al mismo tiempo. Las siguió el Villagra chico, que se alcanzó a poner las aletas, y también el Avendaño. Chungungo no sabía qué hacer. Si se lanzaba, quedarían ambos botes a la deriva. Tenía que dejarlos anclados, pero necesitaba la ayuda de alguien más para levantar aquellas piedras que pesaban un montón de kilos.

Los vio alejarse a los cuatro, impulsados por las olas. El remolino de arena crecía en la orilla y la nube

—grande, densa, hermética— no permitía descifrar en qué lugar estaban los demás.

Chungungo reunió todas sus fuerzas y logró tirar una de las piedras —después de escuchar, creyó, el sonido de un hueso roto, leve, arriba, en el hombro.

Se pasó al otro bote y fue ahí, al tratar de levantar el ancla, que finalmente se lo dislocó.

Nunca había gritado como en ese momento en que se dio cuenta de que el hombro estaba salido, que bailaba y no conseguía encajarlo.

Apoyó el codo en su mano izquierda y se puso a llorar.

Era de nuevo ese niño de Calama que nosotros conocimos, encerrado en su pieza, esperando a un padre que no iba a regresar. Nunca escuchamos ese llanto, esas peleas con su madre, las discusiones y la espera inútil de un hombre que ya tenía otra familia, otra vida. Pero no era difícil imaginarlo obsesionado con ese regreso, con ese padre que no quería ser su padre.

izquierdo, pero antes de que lo intentara perdió la conciencia.

Y, entonces, no vio cómo esa nube lo destrozaría todo. Cómo sus amigos, su familia, los que estaban en tierra, se protegieron bajo uno de los botes, dieron

vuelta El Huáscar y se refugiaron ahí, juntos, abrazados, escuchando cómo el viento destrozaba el lugar
donde habían hecho sus vidas.

Cuando llegaron a la orilla, Patricia y el Avendaño se dieron cuenta de que ya no había nada que
hacer. El torbellino había entrado al mar y se había
perdido, después de destrozar los últimos restos de
botes que quedaban anclados cerca de la caleta.

La neblina ya no existía.

Caleta Negra ya no existía.

Corrieron al lugar donde minutos antes se encontraban las tres casas, pero en el camino compren-
dieron que era inútil, que estaban solos.

Lo único que resistió allá lejos, cerca de la orilla, boca abajo, fue El Huáscar. Cuando se acercaron
a él, escucharon los murmullos y entre los dos lo
dieron vuelta. Allí estaban todos, juntos, abrazados,
sollando.

Se pusieron de pie, el viejo Riquelme miró hacia
los cerros y vio que no había quedado nada.

Comenzó a llorar.

Lo abrazó su madre, pero fue inútil. Los demás
no lo podían creer. Patricia trataba de consolar a su
marido. Estaban noqueados. No lograban despertar.
Sólo el grito del Avendaño, que avanzó hacia la orilla
de la playa, los sacó de sus lamentos.

¡Violeta! ¡Villagra!

Se miraron entre todos.

¿Violeta? ¿El Villagra chico?

¿Dónde está Violeta?

¿Y el Chungungo? Arrastraron el bote hacia el centro de la playa, lejos de los restos de madera que flotaban en el lugar donde habían estado las embarcaciones, y lograron empujarlo hacia el mar.

Se subieron los Cáceres, el Villagra grande y el viejo Riquelme. Los Avendaño nadaron hacia los roqueríos. Patricia no lograba recordar en qué momento los perdió de vista. Pero no debían estar lejos, si todos pasaron la línea de las olas y miraron juntos cómo el viento arrasaba con todo, vamos, vamos, les dijo Patricia, recordaba, pero ni Violeta ni el Villagra chico le habían contestado, no, se habían sumergido para avanzar más rápido y luego ya nadie más los vio.

Cuando pasaron la línea de las olas, Patricia, el Villagra grande y el viejo Riquelme se lanzaron en su búsqueda. Los Avendaño continuaron, a ver si pillaban al Chungungo. Y no se demoraron en encontrarlo o al menos eso fue lo que ....

mar adentro, inconsciente. Y sólo los gritos de los Avendaño, varios minutos más tarde, lograron traerlo de regreso. Aunque ahí fue él quien gritó, pues los Avendaño trataron de levantarlo, sin darse cuenta de que su hombro derecho estaba dislocado.

Lo dejaron ahí, tendido, y se repartieron uno en cada bote para regresar. Y cuando regresaron, Violeta y el Villagra chico aún no aparecían.

Chungungo no iba a recordar quién le pondría el hombro en su lugar, pero jamás olvidaría el sonido de los huesos al encajarse, el sonido y el dolor. Ese día las nubes no dieron tregua. El cielo chato, gris, parecía querer fundirse con el mar.

Llegó la noche e improvisaron una fogata.

Violeta aún no aparecía.

El Villagra chico tampoco.

Entraban al mar por turnos, aunque sabían en el fondo que era inútil. Pero lo hicieron, en parejas, reemplazándose cada media hora, forzando a la espera, retorciendo el tiempo más allá de lo posible.

No hubo caso.

El mar nunca los iba a devolver

TIERRA DE CAMPEONES

El velero se llamaba Teignmouth Electron y desapareció en el mar el 1 de julio de 1969, cuando su capitán Donald Crowhurst —un hombre de negocios que no lo estaba pasando bien— llevaba más de seis meses en altamar, intentando dar la vuelta al mundo, sin escalas, compitiendo contra ocho británicos llenos de ambición y dinero. O llenos de amor y locura, tal vez. Un puñado de megalómanos convencidos de poder circunnavegar el mundo, sin detenerse, en la denominada «Carrera del Globo de Oro».

Crowhurst —que poco sabía de navegación— se lanzó a la aventura el jueves 31 de octubre de 1968

Diez días más tarde, un barco del Correo Real británico encontró el Teignmouth Electron a la deriva, sin ninguna señal de Donald Crowhurst. Había algunas provisiones, las cartas de navegación, un mapa y un par de bitácoras de viaje.

No mucho más.

A veces, Chungungo soñaba con esas bitácoras. Leía la última anotación de Crowhurst y lograba entender por qué se había perdido, por qué desapareció. Cuando despertaba, eso sí, no recordaba ninguna palabra. Tenía muy vívido el haber comprendido todo, incluso sabía dónde estaba el cuerpo de Crowhurst, en el sueño lo sabía perfectamente, el lugar exacto en el que se lanzó, pero después, ya despierto, nada. Chungungo estaba seguro de que algún día lo iba a encontrar, el cuerpo, ahí, bajo el mar. Cada vez que se sumergía —después de haber conocido la noticia, una nota breve, primero, y luego un reportaje—, miraba a su alrededor, esperando que apareciera. Imaginaba ese momento, el cuerpo, el rescate, la noticia recorriendo el mundo, la foto de Chungungo en todos los diarios y revistas, quizá vendrían noticiarios de Inglaterra a entrevistarlo, algún entusiasta lo filmaría, todo eso imaginaba, en silencio, arriba de algún bote, antes de la madrugada, rumbo a altamar.

No le contó a nadie la historia de Donald Crowhurst. Desde hacía mucho tiempo había dejado de contar historias. Seguía leyendo las *Selecciones del Reader's Digest* —que doña Berta le regalaba ahora a él—, aprendió a robarse los diarios de la panadería El Castillo y empezó a oír más radio, junto al viejo Riquelme, cuando ya comenzaba a atardecer. Fue una de las pocas cosas que lograron rescatar de Caleta Negra. Quizá las historias se habían quedado allá: las palabras del Chungungo, su deseo de compartir esos relatos que leía, que escuchaba. Ni siquiera se animaba en las noches de los fines de semana, cuando aún mantenían el ritual de hacer una fogata y emborracharse hasta que amaneciera —aunque demoraron meses en sentirse cómodos y aventurarse a revivir esa costumbre, ahora con participantes nuevos, si bien en estricto rigor los nuevos eran ellos, que habían llegado de un día para otro a la caleta Santa María, arriba de dos botes a maltraer, buscando una vida nueva.

Eran, ellos, diez familias que llevaban ya un buen tiempo instalados ahí, a unos veinte kilómetros de lo que fue Caleta Negra, mucho más cerca de Iquique. Se habían cruzado alguna vez en altamar, sin decirse mucho, pero se reconocían de vista; bastó eso para que los acogieran aquella mañana en que llegaron a Santa María, cuando los recibió don Mario, el más viejo de la caleta, con quien Riquelme se había cruzado más de una vez. Don Mario era conocido en la región, sobre todo porque había destacado como dirigente cuando ayudó a que se designaran los es-

nueva, tampoco tenían otra opción.

Los acomodaron donde pudieron y se adaptaron rápidamente a su nueva rutina. Mientras, el Chungungo seguía pensando en la vida de Donald

Crowhurst; pensaba y soñaba con él mucho más de lo que hubiera querido.

La nueva cotidianidad le dejaba un tiempo libre que aún no sabía cómo gastar. Partía temprano en uno de los seis botes junto a los hermanos Garrido —los dos hombres encargados de dirigir la pesca cada mañana— y los Avendaño. Se repartían las zonas, norte, sur, y ellos volvían a navegar hacia los lugares que conocían. Demoraban más tiempo que los otros pescadores de Santa María, pero se aseguraban de volver con un buen botín. Patricia, sin embargo, ya no los acompañaba: los viejos de la caleta nueva le pidieron que ayudara a las otras mujeres a cocinar y ordenar las casas, y no hubo forma de hacerles entender que el mejor lugar donde podía estar Patricia, la mayor ayuda que podía entregarle a la caleta, era en el mar. No podían discutir: debían pagar el costo de ser los nuevos, había que respetar las reglas. Alguien decía que las palabras eran opacas, y seguramente el Chungungo estaría de acuerdo con eso.

Aquellas primeras semanas, lo recordarían después, fueron las más difíciles: adaptarse, guardar silencio, ceder, decir que sí, siempre, por supuesto, porque no tenían nada y ellos les habían dado una nueva oportunidad. Santa María era una caleta más grande, más conocida, con una mejor conexión con el mercado de Iquique, era otro el nivel de ventas y encargos diarios, otro el ritmo, el trabajo. Chungungo se recuperó de su hombro y volvió al mar. Se redujeron los viajes a Iquique, por lo que cada vez que iba lo estrujaba de una manera ejemplar. Poco a poco fue interactuando con los pescadores de Santa María. Se hizo amigo de los Garrido y a través de ellos fue conociendo a los demás. Pero lo cierto es que tampoco había mucho ánimo para conocer a otras personas, para volver a encariñarse. El grupo de Caleta Negra parecía, a veces, impenetrable. El viejo Riquelme les pedía, con insistencia, que se abrieran, pero era inútil, y los de Santa María respetaban esa distancia, esos silencios. Ellos también habían perdido alguna vez todo. Ahora eran una caleta importante, con hartos clientes, pero no siempre había sido así. Eran, de hecho, un caso de estudio, o esa fue la manera en que Chungungo conoció la historia de Santa María: dormía la siesta cuando apareció la señorita Carmen, así le decían todos, una antropóloga que lideraba un equipo que desde hacía meses los visitaba para entrevistar a todos los habitantes de Santa María. Lo que resaltaba era su acento, su habla, que Chungungo no era capaz de distinguir; podía

despertar de la siesta. Chungungo iba a tener que responder: ¿Dónde nació? ¿Cómo llegó aquí? ¿Dónde están sus padres? ¿Estudió en el colegio? ¿Hasta qué curso llegó? ¿Sabe leer? ¿Cuántas personas viven en su casa? ¿Cuántas habitaciones tiene su casa? ¿Hay baño? ¿Cocina? ¿Quién es el jefe de hogar? ¿A qué edad aprendió a nadar? ¿Siempre quiso ser pescador? ¿Tiene hermanos? ¿Hijos? ¿Cuándo conoció el mar? Frente a la grabadora, Chungungo fue respondiendo lo que sabía, lo que recordaba. No tenía muy claro por qué, pero en un minuto le dieron ganas de hablar de Violeta, de nombrarla, de contar su historia, de confesarle que cada vez que entraba al mar, cada vez que se lanzaba antes de que amaneciera, pensaba en ella, en que iba a encontrar su cuerpo, que el mar se apiadaría de ellos y que se los devolvería porque no era justo vivir así, no; estaba seguro de que la señorita Carmen le encontraría la razón y quizá lo ayudaría a volver al mar sin miedo, sin esa imagen, ese cuerpo, que lo acechaba constantemente allá abajo, como una sombra que nadaba más rápido que todos, una pronunciu constante, molesta, incómoda.

No lo había hablado con nadie, pero era muy probable que todos compartieran esa pena, ese vacío.

Aquel primer encuentro con la señorita Carmen no sería muy largo; él no se atrevería a hablar de Violeta y ella no haría más preguntas, sabía que tenía que ir de a poco, sin presionar, sin forzar la memoria.

Llevaba recorriendo varios meses las distintas caletas del norte chileno; quería armar un catastro pero también un relato: que los números, las cifras, los datos y las biografías se entretejieran hasta armar una historia de aquellas vidas, de aquellos lugares que nadie tenía registrados. Había comenzado haciendo ese trabajo en su Perú natal y luego había decidido emigrar porque las cosas no andaban bien, aunque de eso, ella, no hablaba mucho. Había ido bajando de a poco: Tacna, Arica y ese complejo camino costero hasta llegar a Iquique: Camarones, Pisagua, Caleta

de aquellas olas rompiendo contra esos muros infinitos, imponentes, que parecieran existir más allá de la imaginación. Chungungo los contemplaría obnubilado, tal como los contempló también Carmen, que ya había visto algunos acantilados en Perú, rocas inmensas cubiertas por guano, ese guano blanco que también encontraría en el norte de Chile.

Los paisajes no cambiaban tanto pero las personas —las palabras, los gestos— sí: las formas de reunirse, de hacer familia, de sobrevivir. Entonces, ella preguntaba. Cuando descubría el atisbo de una historia, un pequeño hilo invisible que le permitiera comprender mejor por qué estaban ahí, ya no había vuelta atrás. Rodeaba el centro, se desviaba muchas veces, no tenía problemas con irse por las ramas, preguntaba cosas que para los lugareños, en más de una ocasión, no tenían sentido, pero de esa forma, sin darles tiempo para que se pusieran en guardia, ella iba recogiendo pequeñas piezas, restos, detalles, que luego, con la distancia, serían fundamentales para entender la vida de esos hombres y mujeres al lado del mar.

El asunto era su madre. Se lo preguntó una y otra vez, de distintas maneras, en distintos momentos, pero Chungungo no lograba recordar más que un puñado de imágenes algo inconexas sobre la vida de ellos en Calama. Del padre ni hablar, eso Carmen lo entendió rápido: era un agujero negro, se podían perder para siempre en ese hombre, en esa historia, pero lo de la madre era distinto: un balbuceo, un relato fallido, una suma de preguntas que en el fondo lo acechaban desde hacía años pero que él no quería enfrentar. Qué iba a hacer, qué iba a decir sobre esa mujer que de un día para otro decidió irse de la casa y lo dejó solo, echado a su suerte. Para qué iba a elaborar un relato sobre ese abandono. Probablemente pensaba eso el Chungungo pero no se lo decía a la señorita Carmen para no decepcionarla. Disfrutaba su compañía. Esperaba con ansias los lunes en la tarde, cuando ella aparecía junto a su equipo, en Santa María, y se desplegaban por la caleta para avanzar en la investigación.

Uno de esos lunes ella le pidió que le hablara, una vez más, de Caleta Negra y el Chungungo se acordó de Violeta.

Fue como romper una cañería, en mitad del verano, en alguna de esas calles polvorientas de Calama: romper la cañería y que el agua se desbordara por completo.

Se largó a hablar de Violeta como nunca lo había hecho. Recordó todo: la primera vez en el mar, los viajes a Iquique, las visitas donde doña Berta, las lecturas, los cigarros en la noche, los consejos, la amistad. Le habló de esa última noche, del mar y de la tormenta.

Le mostró las *Selecciones del Reader's Digest* que logró rescatar de la tormenta, le leyó algunos pasajes, se rio en las partes en las que se reía Violeta, siguió leyendo como si en realidad estuviera solo, pero la señorita Carmen lo grababa y lo miraba, en silencio, sin interrumpirlo. Él cuidaba ese puñado de revistas como si fuera lo único que realmente le pertenecía en esa caleta.

No podríamos asegurar si fue ese lunes o un par de semanas después cuando se enteró de que era el único que sabía leer de todo ese lugar. Que ni su primo, ni sus amigos de Caleta Negra, ni sus nuevos vecinos, que sólo él —y Violeta antes de él— era capaz de descifrar las palabras que había en esas revistas.

La señorita Carmen se lo contó a modo de confesión, esperando, quizá, que aquello le diera mayor seguridad o que lo hiciera sentir especial, o importante, pero lo único que produjo aquella noticia en el Chungungo fue que extrañó más que nunca a Violeta.

Y no se lo dijo a la señorita Carmen, pero sintió, por primera vez en aquel lugar, que estaba completamente solo.

Llegaron una mañana, temprano, cuando ellos todavía estaban en altamar. Hablaron con don Mario y le contaron que andaban buscando chiquillos capaces de practicar la caza submarina, jóvenes que pudieran resistir largas jornadas en el mar, descendiendo, cazando, de eso se trataba, hombres fuertes pero también inteligentes, con el talento necesario para mantener la calma en los peores momentos, cuando abajo empieza a faltar el aire y tú sabes que estás cerca de cazar ese pez que se mueve más rápido que tú, que se esconde en el roquerío, entre los huiros, que intuye que no te puede ~~~~ ~~~ ~~~ ~~~~ ~~~~~

estamos buscando, le dijeron a don Mario, jóvenes dispuestos a competir por Chile, por su patria, por su bandera; estamos recorriendo todas las caletas del norte porque estamos armando un equipo, don Mario, necesitamos a los mejores pescadores de Chile, necesitamos encontrar a aquellos que nos den la victoria, los buceadores, los hombre-rana, porque tenemos un sueño, un sueño y una meta: que el próximo Mundial de Caza Submarina se realice aquí, en esta costa, en este mar, en nuestra ciudad, y ganarlo, por supuesto, imagínese, el Mundial de Caza Submarina en Iquique, miles de personas de todo el mundo viendo cómo somos campeones, vamos a competir contra los mejores, vendrían los gringos, los italianos, los cubanos, los peruanos, los españoles, vendrían todos, con sus mejores hombres, con sus equipos avanzados, seguros de que pueden triunfar en nuestra casa pero nosotros no podemos permitirlo, cómo vamos a perder en nuestro mar, no podemos, no, don Mario, por eso necesitamos a los mejores, a los más fuertes, a los más inteligentes, dígame, seguro que usted conoce acá más de algún chiquillo que podría estar en el equipo, los vamos a reunir a todos, a todos, recorreremos todas las caletas, y después los vamos a poner a competir entre ellos hasta que queden los mejores, los que sepan resistir horas y horas bajo el agua, cazando, los que no tengan miedo, los que no se cansen, los que tengan la ambición necesaria como para ser campeones del mundo, campeones del mundo, don Mario, lo que nunca pudo ser Arturo Godoy o el Tani Loayza o la selección chilena de fútbol, imagínese, campeones del mundo, respetados y admirados por todos y en todos lados, sé que lo vamos a lograr, estamos seguros, así que dígame, don

Mario, deme los nombres de los chiquillos que podrían sumarse a nuestro equipo, dígame dónde están para buscarlos ahora y comenzar la preparación, el acondicionamiento, todo, porque esto va pa largo, falta más de un año, casi dos años, pero el tiempo vuela, usted sabe, necesitamos afiatar al grupo, darles confianza, seguridad, darles la tranquilidad que tiene que tener un campeón del mundo, no hay otra forma, prepararlos psicológicamente, hablarles de lo que significa llegar allá arriba, a lo más alto, que no tengan miedo del éxito, que no los afecte el vértigo que van a sentir cuando lleguen a la cima, cuando todos sepan sus nombres, cuando sus historias circulen por los diarios y quizá hasta la televisión los entreviste, deben estar preparados para que esa avalancha no los derrumbe, así que vamos a empezar ahora, con mucha antelación, por eso los nombres, don Mario, necesito los nombres, cuénteme a quiénes debo convocar de esta caleta, qué muchachos tienen la pasta para ser campeones mundiales, para resistir la presión allá arriba y allá abajo también, dígame esos nombres

los conoce, el que sabe cómo se mueven bajo el agua, el que tiene claro sus cualidades y sus defectos, el que sabe cuáles son sus puntos débiles y fortalezas, dígame, don Mario, ¿hay aquí algún chiquillo que tenga pasta para ser campeón del mundo?

Don Mario Silva Castro se quedó en silencio un buen rato después de ese monólogo interminable que desplegaron los dos hombres, los entrenadores de la selección de caza submarina, a quienes había visto más de alguna vez circulando por las caletas, mirando a los muchachos nadar.

Díganos algún nombre, don Mario, no sea mano de guagua, uno o dos nombres, seguro que aquí en Santa María hay cabros con talento, con ganas de triunfar, con los pulmones limpios y grandes, díganos algo, no sea tímido, le juramos que se los vamos a devolver intactos, sanitos, más fuertes. Los vamos a llevar a competir, y si ganan y quedan seleccionados, le prometemos que van a poder seguir trabajando como siempre, no los vamos a perjudicar a ustedes, cómo se le ocurre.

Espérense un poco — les dijo —, estoy pensando... Hay dos nombres, son chiquillos igual, poco más de veinte años, a uno lo conozco muy bien porque es de Santa María, el otro llegó hace poco, viene de una caleta que quedaba unos kilómetros allá, Caleta Negra...

Con dos nombres estamos peinados.

El José Ángel y el Chungungo.

¿Chungungo?

Martínez, ese es el apellido, no me sé su nombre todavía.

Vamos a confiar en usted, don Mario, sabemos que no nos va a defraudar.

¿Dónde están estos muchachos?

En el mar. Deberían estar por volver.

Los esperamos, entonces.

Vamos a caminar un rato, don Mario, y de ahí los buscamos.

¿Y se los van a llevar?

Por unos días, no más. Pero los vamos a traer sanitos, se lo prometemos, y después ya no lo molestamos más.

José Ángel llegó a Santa María cuando había cumplido recién dos meses de vida. De sus padres, nadie tenía idea, pero don Mario y su mujer, la señora Nancy, lo recibieron como habían recibido a tantos huachos que encontraron en ellos una familia.

De José Ángel se esperaba todo: aprendió a caminar y a los pocos meses ya se metía al agua como si ese fuera su lugar en el mundo. Como si viniera de allí, del mar.

Empezó muy chico a acompañar a los pescadores en la mañana y así fue aprendiendo el oficio. Ya con diez años se lanzaba en altamar sin problemas y cazaba las primeras piezas que luego serían cientos. Lo había aprendido casi todo con los hermanos Garrido, que eran sus maestros, y por eso al comienzo no recibió con buenos ojos a la gente de Caleta Negra, que le pareció que venían a robarle un protagonismo que él se había ganado de forma natural. Ni qué decir del desprecio que mostraba por Chungungo, que era un poco menor que él. Al principio se lo había tomado personal, así que apenas comenzaron a salir a pescar juntos, miraba fijamente cada movimiento de su rival, arriba o abajo, para no darle chances de que brillara más que él. Si Chungungo lograba cazar diez o doce piezas, José Ángel se obstinaba en cazar trece o quince. Lo importante era seguir siendo el protagonista, la promesa, el futuro. Eso ocurrió, al menos, las primeras semanas hasta que uno de los hermanos Garrido le dijo que bajara un cambio, que para qué estaba esforzándose tanto si ya todos conocían su trabajo y ya todos consideraban que era el mejor de Santa María.

Lo que en realidad hizo que bajara un cambio fue que se dio cuenta de que el Chungungo no se sumaba a la competencia, no le interesaba, nadaba con intensidad pero sin mirar a nadie, sin fijarse en lo que sucedía a su alrededor. Justamente esa actitud iba a ser la que pusiera en duda su participación en la competencia para ser parte de la selección chilena. Los entrenadores le contaron a Chungungo cuál era el plan, y él, de inmediato, decidió de cualquier ida

mejores.

Sabemos que don Mario no miente.

Ven a probar, por lo menos, será un par de horas, vamos a ir a Los Verdes, ¿conoces?

No, pero...

José Ángel ya aceptó.

Vamos, muchacho, no te arrepentirás.

Los otros pescadores que acompañaban esa mañana a Chungungo le insistieron, que no perdía nada, que probara, que no fuera cobarde, le gritó uno, que había que dejar bien parado, en lo más alto, el nombre de la caleta Santa María.

¡Vamos, Chungungo, carajo! ¡Vamos, vamos! —le gritaron los Avendaño.

Alguien le palmoteó la espalda, sintió varios palmoteos en la espalda, en la cabeza, y ya no tuvo otra opción.

Ese mismo día, en la tarde, se instalaron en Los Verdes —una caleta mucho más grande que las que Chungungo había conocido, a unos cuarenta kilómetros al norte, aunque lejos aún de Iquique—, en un par de cabañas donde recibirían a todos los jóvenes— con de Chile que buscarían un lugar en la selección nacional.

Durante el camino, José Ángel y Chungungo no cruzaron palabras. Los entrenadores les fueron haciendo preguntas por separado y así lograron romper ese silencio incómodo de los primeros minutos, cuando ambos jóvenes ni siquiera se miraban.

Cuando llegaron a Los Verdes, se encontraron con sus competidores: todos jóvenes que vivían y cazaban entre Iquique y el río Loa. Ya luego vendría otro grupo más desde el sur y así, hasta recorrer todo Chile buscando a los mejores.

Esa tarde los ubicaron en un par de cabañas que había construido la federación junto a la Municipalidad de Iquique. Chungungo aún no conocía al Choro Soria, al alcalde, pero en esta historia iba a ser fundamental su participación, sus deseos incansables de ser exitoso, importante, su megalomanía desatada, su viveza y su apoyo al equipo de caza.

Les dieron una charla informativa en la que resaltaron la posibilidad, una y otra vez, de que la próxima edición del Mundial de Caza Submarina —que se realizaría a mediados de 1971— se hiciera en estas tierras, que Iquique haría todo lo posible por ser la sede del mundial, cuya versión más reciente estaba a pocos meses de llevarse a cabo en Italia —donde Chile no había logrado clasificar. Tenían tiempo, entonces, para preparar todo. Ellos estaban ahí porque pensaban en el futuro, sabían que el equipo nacional no venía bien y necesitaban encontrar, pronto, un recambio que estuviera a la altura de las circunstancias, les dijeron, necesitamos campeones, jóvenes llenos de ímpetu y deseo, rabiosos por llegar al éxito, a la

al fin del mundo, donde quizá también podremos hallar a algún muchacho con hambre de triunfo, con hambre de éxito, dijeron.

Luego de esa búsqueda, los pondrían a competir en el campeonato nacional que se realizaría justamente en Iquique, a comienzos de 1970, y después, estaban seguros, ya dedicarían todos sus esfuerzos para organizar el mundial y convertir a ese puerto, bajo los ojos del mundo, en la ciudad de los campeones; que todos supieran que Iquique era tierra de campeones. Alguien se puso a entonar el himno de Iquique y sólo unos pocos lo acompañaron; lo mismo ocurrió con el himno de Chile. Donde sí se oyeron más voces fue en el ceacheí que cerró la reunión y que los hizo irse envalentonados a sus respectivas cabañas.

Muy temprano por la mañana, al día siguiente, los pasarían a buscar para realizar la primera prueba. Se lo explicaron así al Chungungo: el asunto se trataba de cazar rápido los peces más grandes. Ingresaban al mar en botes distintos, cada buzo, y se sumergían, buscando cazar, ojalá, los peces más grandes, pues ganaba la competencia quien lograba capturar más kilos, luego de estar horas y horas en el agua, de eso se trataba todo. No había mayor ciencia, aparentemente, o al menos eso creyó el Chungungo.

El primer grupo de jóvenes, todos provenientes de Arica y de distintas caletas de ese sector, había competido ya en esas aguas hacía un par de días.

Ahora, en este segundo grupo, el que iba a brillar rápidamente era José Ángel. En cosa de minutos, ya dentro del mar, se dieron cuenta de su talento: cazó en una hora más de quince piezas, mientras que sus compañeros no superaron las siete u ocho, justamente el número que alcanzó Chungungo, quien se movió bien bajo las aguas de Los Verdes, pero le costó un tiempo adaptarse a ese paisaje que desconocía: demasiados bosques de huiro entorpecían la vista y enturbiaban el agua al punto de que más de una vez tuvo que salir a la superficie para volver a orientarse. Abajo, en medio de los roqueríos, José Ángel se movía con destreza y memoria: conocía perfectamente ese territorio, conocía dónde se escondían los pejeperros, los congrios, las cabrillas. Chungungo hacía lo que podía, manoteaba, se perdía, perdía el control, le faltaba el aire, no lograba concentrarse, abajo sentía una presión en la cabeza, no sabía si era la cabeza o los oídos, pero el mundo se nublaba por completo y él intentaba mantener la calma, contar hasta diez, como le había enseñado Violeta, cerrar los ojos, esperando que todo se despejara, el mundo allá abajo recuperando su nitidez, pero Violeta ya no estaba, ni siquiera como una presencia, como una sombra, sólo quedaba ese pitido eterno que golpeaba en los oídos del Chungungo, el ruido negro que le impedía con-centrarse allá abajo mientras José Ángel se movía a

gundo lugar fue de todos modos para Chungungo Martínez. Mucho más atrás de ellos venía un par de muchachos de otras caletas —Chipana, Chanavayita, Río Seco—, pero las diferencias fueron demasiado contundentes, por lo que sólo los de Santa María iban a pasar a la siguiente ronda, que ya significaba competir con los ganadores de los otros grupos, en los que participaban también algunos viejos lobos de mar, hombres con años de experiencia, que seguramente los atormentarían allá abajo, en las profundidades. Porque el premio era muy grande: no la promesa de ser campeón mundial ni mucho menos, no, simplemente la posibilidad de salir y competir frente a todo un país, hacerse un nombre, que todos te conocieran, que todos te buscaran, saber que después de eso, de ese nivel de exposición, lo que nunca te faltaría es trabajo, eso le decían los entrenadores, que esta era una oportunidad única, que no la desaprovecharan: su futuro podía depender de eso, de tener o no una jornada memorable en el mundial.

No les querían meter presión, pero ya no había vuelta atrás para ninguno de esos muchachos que fueron participando en las distintas competencias hasta formar un grupo de veinte competidores, oriundos de todas partes de Chile, aunque el favoritismo les pertenecía a los nortinos, supuestamente los mejores buzos del país, los únicos capaces de darnos el triunfo, de eso se trataba todo esto: de encontrar a los que nos llevarían a la gloria.

Tres veces a la semana los iban a buscar a Santa María y los llevaban, en la tarde, a Los Verdes, a entrenar. Una camioneta los recogía después del almuerzo y los devolvía poco antes del anochecer. La rutina iba a ser esa durante varios meses hasta llegar a la última semana de febrero, cuando tuvieran que competir por el campeonato nacional de caza submarina: febrero de 1970.

Pero faltaba aún para llegar a ese día, a ese cierre. Quedaban los entrenamientos y la obsesión de José Ángel por ser campeón nacional, por cazar los peces más grandes en el menor tiempo posible. Entrena-

tancia pero también desde la indiferencia. El Luchito y los Avendaño le dijeron que no fuera huevón, que se preparara también, que cómo iba a dejar que ese pendejo les ganara frente a todos. ¡Vamos, Chungungo, por la cresta! ¡Hay que entrenar!

Aunque fue el viejo Riquelme, una noche, quien terminó de convencerlo. Porque un día ellos no iban a estar, le dijo, ninguno de ellos, los de Caleta Negra, un día ya no iban a estar y él tenía que salir de ahí, él podía, el único, hacer su vida lejos, otra vida, y no podía desaprovechar eso.

Era cosa de tiempo: Luchito, por ejemplo, ya había empezado a tantear esa posibilidad. El Chino Loo le había ofrecido un trabajo en Iquique. Se estaba instalando una empresa que quería industrializar la pesca y necesitaban a gente con experiencia para poder instalarse. El Chino Loo se había cansado de andar de caleta en caleta, ya estaba viejo para tanto ajetreo, y veía en ese trabajo una opción para estar más tranquilo, le dijo. Ofrecían buena plata, un poco de estabilidad, y era hacer lo que ya sabían hacer, sólo que en otra escala.

Luchito no sabía que el viejo Riquelme sabía, pero no era capaz de dar el paso, aunque era cosa de tiempo. Todo era cosa de tiempo, le dijo el viejo Riquelme al Chungungo, y le palmoteó la espalda antes de irse a dormir.

Unos días después, el Chungungo comenzó a trotar.

Las tardes en que se quedaba en la caleta, partía rumbo a las playas del sur, a esos kilómetros y kilómetros de playas vírgenes; completamente solo las recorría, al trote, suave primero y luego ya acelerando el paso, sintiendo cada vez más cómo la arena se volvía un obstáculo, cómo lo atrapaba y no lo dejaba avanzar. Eran recorridos largos, seis, ocho kilómetros y luego quedarse un rato tirado en la arena, de espalda, cubriéndose la cara con la polera mientras atardecía, para luego volver pero trotando en la orilla, pisando la arena más firme, esquivando los cangrejos que a ratos podían ser legión, cangrejos y aguas vivas, y a veces las gaviotas que se adueñaban del lugar buscando qué comer ahí, algún bicho escondido en la arena, pulgas de mar, cientos de gaviotas y quizás algún cormorán o un pelícano, la orilla del mar siempre generosa con lo inesperado.

También, muchas veces, tenía que esquivar la resaca de las olas, que rompían cada vez más arriba mientras el sol se escondía y la noche estaba ahí, a la vuelta de la esquina. Ese momento en que la marea sube y se vuelve más hostil. Pero a Chungungo nada lo detenía. A veces miraba esos kilómetros y kilómetros de playas vacías y se acordaba de algunas historias que le contaba Violeta, se acordaba de lugares en los que nunca había estado ni el ni ella ....

cos, el mar a una temperatura imposible de creer, las aguas transparentes, cálidas, amables, tranquilas, playas desiertas y playas colmadas de personas, al lado del bosque, ¿te lo puedes imaginar? Playas rodeadas de árboles y árboles verdes, bosques infinitos y el mar, y de pronto un elefante o un tigre. ¿Puede ser? Un oso quizá, sí, un oso polar en una playa completamente nevada, una playa blanca, fría, y el mar oscuro, profundamente oscuro, ¿puedes? Nada de estos cerros grises, nada de estos pedazos de desierto, todo blanco, nevado, o quizá todo verde, verde oscuro, muy oscuro, y los árboles frondosos, altos, pinos y araucarias y todos los nombres que no conocemos, bajo un cielo transparente, abierto, limpio.

Chungungo trotaba ya de vuelta hacia Santa María, con los ojos cerrados, recordando esas historias, apurando el paso para que la noche no lo pillara en mitad del camino.

Debía mejorar su capacidad respiratoria, le dijeron los entrenadores varias veces al darse cuenta de que no resistía mucho tiempo bajo el agua. Lo que no sabían —ni ellos ni él— es que no era un asunto físico sino más bien de la cabeza, pero de todas formas trotar lo despejaba. El problema era otro y él, en el fondo, bien en el fondo, algo intuía. Pero no quería afrontarlo. No tenía las herramientas. Entonces trotaba. Pero también había otro detalle, que no se lo había querido contar a nadie hasta que un día regresó del entrenamiento en Los Verdes y ya no le quedó otra que asumirlo: después de algunos minutos nadando en el fondo del mar, después de unos minutos tratando de cazar alguna pieza, buscando entre las rocas, no sólo la vista comenzaba a nublarse para dar paso a una presión en el pecho, un dolor punzante que no había forma de combatir en ese momento, angustia, eso sentía, esa era la palabra pero él no sabía nombrarla, aunque daba lo mismo, estaba ahí, en su pecho, en la vista nublada, en el aire que comenzaba a faltar, pero sobre todo estaba en eso otro que le había comenzado a ocurrir cuando los entrenamientos se pusieron más exigentes: los oídos, el pitido agudo e interminable que empezaba a oír en ese momento y que lo terminaba por expulsar del agua, salir rápido, subir hasta llegar a la superficie y poder dar una bocanada importante, que borraba todo o casi todo pero no eso, no ese pitido que luego de unos minutos se convertiría en sangre, unas gotas de sangre, casi imperceptibles al comienzo pero con los días cada vez más abundantes, molestas, imposible de evitar, imposible hacerse el loco aunque nadie más se diera cuenta de aquel detalle.

Pensó en contarle al Luchito o a los Avendaño o al viejo Riquelme, a ver si alguno podía ayudarlo con un consejo, una receta, pero sabía que eso podía terminar con su salida de todas las mañanas en alto

pertaba a las cuatro, cinco de la madrugada y sentía cómo la sangre corría, levemente, por su oreja izquierda hasta dejar unas pocas marcas en el colchón.

La primera que lo supo fue la señorita Carmen, que seguía yendo a visitar la caleta semana a semana, aunque ahora por un nuevo trabajo: la habían contratado en la municipalidad para colaborar en un proyecto que buscaba resolver los problemas más urgentes de las caletas de la zona. Sabían que ella había logrado reunir información importante de esos lugares y la necesitaban. No tenía muy claro cómo o en qué iba a traducirse todo eso que había recabado, pero estaba ahí, de nuevo, escuchando al Chungungo hablar de los entrenamientos y de ese supuesto mundial y de pronto él le soltó su secreto. Se lo contó como un secreto pero también con la esperanza de que ella lo ayudara, que pudiera consultar con algún médico en Iquique y que le trajera un remedio, algo que contuviera esa sangre. Ella lo escuchó con preocupación y le dijo que claro que lo ayudaría, pero en realidad lo único que trajo desde Iquique una semana después, además de un par de antibióticos, fueron unas malas noticias: debía dejar de sumergirse en el mar, de inmediato, al menos un par de semanas, ojalá un mes, reposar por completo y luego ver si aquello ayudaba a frenar el sangrado. Pero Chungungo no podía parar: los entrenamientos seguían semana a semana y el campeonato nacional sería a fines de febrero, es decir, en poco más de dos meses, no podía dejar de lanzarse al agua, iba a perder su oportunidad de competir, ya lo habían convencido de que debía llegar entre los primeros para ir al mundial, quería representar a Chile, quería hacerse un nombre, ser conocido, ser como el Tani Loayza o Arturo Godoy, que la gente lo aplaudiera, lo vitoreara, que los niños lo admiraran como él admiraba a sus ídolos, quería ayudar a sus compañeros de Caleta Negra a salir de ahí, a dejar de ser allegados, a tener la posibilidad de instalarse quizá en otra caleta y comenzar una vida nueva, sin tener que pedir favores, sin deudas, lo había imaginado así, el triunfo, la alegría, otra vida. Evitar que todos se dispersaran, que el Luchito partiera a Iquique y el resto quizá dónde.

Se tomó los antibióticos a las horas en que se lo recomendó el médico a la señorita Carmen, pero no abandonó el mar. Empezó a sangrar menos, pero no logró detener por completo el dolor, que se agudizaba, por supuesto, cuando se sumergía un par de metros. Ella, de todas formas, guardó el secreto, lo que le permitió, también, que Chungungo le contara con más detalles ciertos pasajes de su vida y de la vida en Santa María. A veces hablaban del frío que se podía llegar a sentir en Calama y que poco y nada tenía que ver con el frío de la playa, que se podía combatir fácilmente con una tonada y un té caliente

de la niebla, del cielo gris que se parecía sin duda a ese cielo que en las mañanas cubría la caleta en invierno. A veces también hablaban del hambre, pero Chungungo evitaba el tema y lograba irse por las ramas. Entonces ella hablaba de Lima y de Arequipa y de unas islas donde un grupo de hombres, muy temprano por las mañanas, viajaba a recoger guano, kilos y kilos de guano en sacos que luego exportaban hacia Europa, las islas rodeadas de pelícanos, piqueros y cormoranes, cientos de aves volando sobre los roqueríos blancos, grises, y los hombres con todo el rostro cubierto para no tragar ese aire fétido, sacando kilos y kilos de guano, cargando sacos sobre sus hombros, poco antes del amanecer.

Fue conversando con la señorita Carmen que Chungungo se enteró, varios meses más tarde, que el hombre había llegado a la Luna. Por el tema de los entrenamientos, los viajes a Iquique se volvieron cada vez más esporádicos, por lo que sus días se concentraban en la caleta y en Los Verdes. El mundo, afuera, estaba cambiando por completo, pero él no se enteraba. Se había empezado a obsesionar con ganar el campeonato nacional. Entonces ni siquiera se detuvo un momento para escuchar esas conversaciones donde hablaban de la hazaña de Neil Armstrong, de la bandera de los Estados Unidos flameando en aquella tierra de nadie que él imaginaba blanca pero que en realidad se parecía más bien al desierto que rodeaba al río Loa.

Mientras la señorita Carmen le contaba, detalladamente, el alunizaje sin dejar de lado, por supuesto, las dudas y los rumores sobre cuán cierto era aquello que millones de personas vieron por televisión, Chungungo se acordó de Violeta. Pensó en cómo se hubiera tomado ella esta noticia, en qué cosas se hubiera fijado, en quizá cuántas teorías hubiera elucubrado acerca de la imposibilidad de que el hombre haya pisado la Luna y en que esa bandera norteamericana en realidad flameó en un estudio de televisión, un estudio gigante financiado por la CIA y por los millonarios gringos que querían ganarle la guerra a la Unión Soviética.

Se rio.

De pronto, el Chungungo empezó a reírse e interrumpió a la señorita Carmen, quien no lograba entender el origen de la risa, esa risa que se volvía más y más expansiva, una carcajada tras otra hasta convertirse en llanto, Chungungo lloraba de la risa que le dio imaginar todo ese discurso de Violeta, solemne, informado, rojo, emotivo.

Afuera, el mundo parecía convertirse en un texto indescifrable, hermoso, lleno de giros inesperados.

Lo del campeonato nacional, aquel febrero de 1970, fue una locura. José Ángel y Chungungo hicieron lo que quisieron: rompieron récords y cazaron una cantidad absurda de peces entre Los Verdes y las playas de Iquique. Las crónicas de los diarios y revistas cerraban, todas, con un párrafo lleno de entusiasmo y optimismo. si Iquique lograba por la sede del Mundial de Caza Submarina 1971, ese torneo iba a quedarse en la ciudad. Ninguno de los cronistas deportivos que escribieron sobre la competencia nacional tenía dudas de aquello, después de haber visto competir a quienes conformarían la selección de Chile, sobre todo a José Ángel y Chungungo. Y eso que no hablaban del tapado, o el que en rigor había sido el favorito de las apuestas al comienzo del campeonato, el iquiqueño Torres, que dio batalla en la primera jornada pero luego sucumbió ante la voracidad de la parejita de Santa María. Tanto él como los otros competidores entendieron rápido que este asunto se trataba de un duelo personal y que nadie iba a lograr intervenir entre ellos.

Por eso en la segunda jornada, cuando quedaban tres horas para terminar, los únicos que seguían en el agua eran José Ángel y Chungungo. Seguro que todos recuerdan cómo fue el desenlace de esa jornada, cuando faltaba poco menos de una hora y uno de los jueces que estaba arriba del bote del Chungungo se dio cuenta de la sangre y lo obligó a detenerse. La señorita Carmen le había conseguido dos tapones firmes, que se supone que ayudarían a controlar el sangrado, pero el esfuerzo físico fue tan alto —la presión bajo el agua, disparando y moviéndose para encontrar los peces más grandes— que en un momento, abajo, sintió que el mundo se apagaba. Estaba persiguiendo un acha cuando sintió un pitido, fuerte, primero, y luego el sonido se convirtió en una imagen borrosa, el mundo perdió sus contornos, el acha se fue a cualquier lado y cerró los ojos: un cuerpo hundiéndose en el mar.

Tuvo suerte de que José Ángel lo viera hundir-

conciencia, José Angel lo sostenía, firme. Lo ayudó a subir. Cuando emergió del mar, sintió un pinchazo en el oído que lo hizo sacarse, automáticamente, el tapón, y entonces lo que saltó ahí fue un chorro de sangre que cayó al agua y que el juez vio.

Así, con esa sangre, no podía seguir compitiendo. Y aunque intentó convencer al juez de que había sido un pequeño percance, no pudo seguir en el agua y tuvo que subirse al bote y ver cómo José Ángel siguió cazando y cazando piezas allá abajo, en medio de los bosques de huiro y esas rocas llenas de vida.

La premiación se realizó en Iquique, en un escenario algo improvisado que se montó en Cavancha y donde habló el alcalde Soria, quien aseguró que estaban haciendo todos los esfuerzos humanamente posibles para conseguir ser la sede del próximo mundial de caza submarina.

Pondremos todos los recursos a disposición para que esta ciudad pueda recibir de forma óptima a las mejores selecciones del mundo y que conozcan la generosidad de nuestro mar y el cariño de nuestra gente, dijo el alcalde antes de entregarle las medallas a los premiados y una pequeña copa a José Ángel, frente a cientos de personas que se congregaron para felicitar a estos jóvenes cazadores. José Ángel recibió la copa y la alzó con firmeza, mientras el pueblo de Iquique lo ovacionaba y él trataba de dar las gracias haciendo una pequeña reverencia arriba de esa tarima de madera que se tambaleaba con demasiada facilidad.

Volvieron a Santa María cuando ya era de noche. Los recibieron con aplausos, alrededor de un fogón. El viejo Riquelme abrazó fuerte al Chungungo, Luchito le dio un par de cachetadas cariñosas en las mejillas y don Mario tomó la palabra y largó un discurso donde habló de los valores que les habían inculcado a estos muchachos, la valentía, la lealtad, el compañerismo, y cómo todo eso se había traducido en el triunfo de José Ángel, su mayor orgullo, el mayor orgullo de la caleta Santa María.

¡Viva Chile!, gritó y los demás respondieron al unísono: ¡Viva!

Quizá no nos equivocaríamos si dijéramos que esa noche, alrededor de ese fogón, se empezó a forjar, realmente, una idea de revancha que se iba a apoderar del Chungungo y que sólo podía resolverse ganando el mundial y dejando en claro que el triunfo de José Ángel había sido un accidente, un detalle, una simple consecuencia de que ese juez infame no lo dejara seguir compitiendo como se merecía.

Decidió parar, entonces, tal como se lo había aconsejado el médico a la señorita Carmen: abandonar el mar por un mes, no volver a sumergirse, tomar los antibióticos, cuidar el cuerpo y la cabeza, sobre todo la cabeza, aumentar el ejercicio en tierra. tratar

ese mar que tan bien conocía pero que nunca dejaba de ser impredecible.

Cuando volvió a los entrenamientos, un mes y medio después, supo que corría en desventaja: José Ángel no sólo era la estrella del equipo sino en quien estaban puestas todas las esperanzas y responsabilidades. Los entrenadores le hablaban a él y confiaban en que sólo gracias a su desempeño lograríamos, al menos, una medalla. De Chungungo esperaban un buen desempeño pero no mucho más; un buen acompañante, un escolta seguro, un nombre que podía aportar en segundo plano pero que, evidentemente, no estaba preparado para llevarse toda la presión que significaba comandar a un equipo en altamar. Lo del oído no tenía que ver con algo físico, decían los entrenadores a puertas cerradas, sino más bien con algo psicológico: era una respuesta a la presión, a no saber llevarla, a no saber convivir con eso allá abajo, cuando estás solo con tu arpón y no hay nadie que te pueda ayudar, que te pueda aconsejar qué hacer: la soledad del buzo, del hombre rana, de ese instante en que quizá la visión se te nubla y el aire contenido en los pulmones y su vuelve insuficiente. Irse a negro no era algo raro ni poco habitual, entonces. Era, más bien, la regla de todos. Black out: perder la conciencia, perder el control. La mitad de la competencia significaba luchar contra eso, contra uno mismo. Luego venían los peces y las mareas y la visibilidad y el oxígeno y todo lo que puedan imaginar.

A mitad de año, cuando ya llevaban entrenando un par de meses, una tarde algo invernal aparecieron el alcalde Soria y el presidente de la Federación Chilena de Deportes Acuáticos a confirmarles, antes que a todo el mundo, que Iquique sería la sede del Mundial de Caza Submarina 1971.

Confiamos ciegamente en ustedes, muchachos, dijo el alcalde Soria, confiamos en que las medallas de oro se quedarán aquí, en esta tierra de campeones. ¡Vamos, muchachos, a no bajar la guardia, a esforzarse el doble, el triple! Nosotros, como municipalidad, trabajaremos día y noche para cumplir con lo que prometimos: construir una villa olímpica para recibir a los equipos de todo el mundo, mejorar el aeropuerto y el Teatro Délfico, donde se contabilizarán, al final de cada jornada, todas las piezas que cacen. Tendremos que remodelar calles y hoteles, una inversión millonaria pero que estamos dispuestos a hacer para que todo el mundo conozca esta hermosa ciudad. Los ojos de todos estarán puestos sobre ustedes, sobre esta tierra que tanto y tanto nos ha dado.

Los diez elegidos para ser parte de la delegación escucharon atentamente, en silencio, y luego asintieron con sus cabezas al mismo tiempo, como si hubie-ra estado todo coordinado, una coreografía montada

Los entrenadores le palmotearon la espalda a José Ángel y le dijeron algo al oído que Chungungo no alcanzó a oír.

Habría mundial: primeros días de septiembre de 1971.

Quedaba poco más de un año de preparación.

El éxito, iban a repetir los entrenadores una y otra vez, dependía sólo de ellos.

No hubo despedida del Luchito.

De hecho, el Chungungo se enteró cuando ya todo estaba cocinado. El Chino Loo había logrado convencerlo, la pesquera irrumpió con toda la fuerza en el sector norte de Iquique, desde ahí partían mar adentro con sus naves.

El Luchito al menos parecía contento. Esa última noche que pasaron juntos, se tomaron un par de garrafas de vino con el Chungungo y el viejo Riquelme. Luchito no quiso contarle a nadie más que se iba. Terminaron dados vuelta. Hablaron de cualquier cosa. El viejo Riquelme hizo un salud por el futuro del Lu

en período de entrenamientos, pero le dio igual. Lo abrazó muy fuerte y le hizo prometer que si ganaba el mundial y todo salía bien, tenía que volver a reunirse con los de Caleta Negra, que debía regresar a casa, que buscarían una nueva vida, todos juntos.

Luchito se puso a llorar.

Y ya después la borrachera los terminó tumbando. A la mañana siguiente lo vino a buscar el Chino Loo a Santa María y partieron a Iquique. El resto se enteraría más tarde de que Luchito emprendía nuevos rumbos.

El Chungungo no sabe cómo sobrevivió a esa resaca, que le pasó la cuenta todo el día. Pero tuvo que asumir rápido el error y disimular que la cabeza le estaba a punto de estallar. Su vida se había reducido a prepararse día y noche para el mundial. Ya casi no trabajaba en la caleta, don Mario asumió que los perdía por ese tiempo a él y a José Ángel. Y si bien en un comienzo lo resintió, ya luego logró coordinar todo para que los Garrido no bajaran el ritmo de trabajo, mientras la misma caleta iba cambiando. El proyecto de la señorita Carmen se había concretado en estudiar la posibilidad de que pudieran contar con agua potable en Santa María, construir una red de agua potable y alcantarillado, y en un futuro no tan lejano, también, que llegara la red eléctrica. Por mientras, la municipalidad les había enviado materiales para arreglar los botes y las casas de madera. Gracias a los informes de la señorita Carmen, en la municipalidad estaban dirigiendo esas ayudas de manera muy precisa. Pero todo esto no estaba ocurriendo sólo en Santa María. También en otras caletas y, por supuesto, en Iquique, donde la municipalidad trabajaba contra el tiempo y quería, antes de las elecciones presidenciales de ese año, mostrar avances importantes en los preparativos para el mundial.

El alcalde Soria apoyaba, públicamente, a Salvador Allende y a esa altura del camino ya le daba lo mismo lo que dijeran sus contrincantes: todos sabían que cada despliegue de la municipalidad, cada obra inaugurada, cada reunión en las distintas poblaciones de Iquique significaban una muestra de apoyo para Allende, por eso les resultaba fundamental mostrar avances, y eso incluía también al equipo, que debía pasearse junto al alcalde por ferias y negocios con el fin de contarles a todos cómo se estaban preparando y cuán importante era para ellos el apoyo de la municipalidad.

Y si bien algunos se resistieron al comienzo, la absoluta disposición de José Ángel para apoyar al choro Soria era una señal potentísima que el resto no podía dejar de lado: si el mejor de todos había decidido eso, no había vuelta atrás. Y quizás en este punto y sólo en este punto, José Ángel y Chungungo descubrieron un lugar de encuentro, un cruce, un bajar la guardia por un rato y trabajar

vez que pudieron el apoyo fundamental que había significado la ayuda del alcalde Soria y lo importante que sería para el país que un liderazgo como el que representaba él pudiera llegar a todos los rincones de Chile.

En las fotos publicadas en la prensa de la época se los ve abrazados, con sus puños en alto, sonriendo, acompañando al alcalde y a otros políticos, rodeados de banderas con el nombre de Allende, flameando, en un acto en Cavancha o en la Plaza Prat, con el desierto de fondo, ese cerro grande y seco que parecía dividir el mundo en dos. No hay ninguna otra foto en que se vea a Chungungo y a José Ángel abrazados, sonriendo. No hay registro que nos pueda asegurar, de hecho, si es cierto aquello que cuentan los que estuvieron ahí, en las calles de Iquique, meses después, celebrando el triunfo de Allende, a inicios de septiembre de 1970; pero no queda más que confiar en que es cierto que esa noche, cuando se empezó a confirmar la ventaja, José Ángel y Chungungo se dieron un abrazo largo, muy largo, y se unieron, más tarde, a las celebraciones en Plaza Prat. No hay registro, no hay fotos, pero tampoco es tan difícil imaginar ese abrazo, esa alegría. Es muy probable que en medio del tumulto, el Chungungo se haya encontrado con doña Berta. Seguro que ella estaba ahí, celebrando, y que se alegró aún más cuando lo vio entre la gente, en medio de aquella batahola, y le dio un abrazo largo, muy largo, que él no supo cómo interpretar, pero intentó devolver ese cariño, ella lo agarraba con fuerza, lo apretujaba y le decía algo que él no era capaz de escuchar, la algarabía, los bocinazos, los gritos, ya era más de medianoche y la gente seguía celebrando, y ella le hablaba pero él sólo atinaba a sonreír, no había forma de conversar, los gritos en favor de Salvador Allende, el pueblo unido, en la calle, el pueblo que había vivido una jornada larguísima, tensa, imposible, eso era lo que muchos pensaban, era imposible que ganara Salvador Allende, pero los resultados ya eran oficiales, no había vuelta atrás, en Santiago el presidente recién electo ya había salido al balcón de la FECH a celebrar el triunfo, a saludar a ese pueblo que parecía desbordarse, y ellos en Iquique, el Chungungo, doña Berta, Riquelme, José Ángel, don Mario y todos los de la caleta Santa María que pudieron ir, y también los pescadores de las otras caletas, a los que don Mario abrazaba, eufó- rico, mientras se perdían en medio del tumulto, en medio de esa felicidad que al menos a esa hora de la noche, en esa tierra oscura y alborotada, no conocía ningún límite.

El Chungungo y José Ángel abrazados, sonrien- do, saltando, gritando, una foto, dos fotos quizá, quién sabe, nadie puede asegurarlo.

No hay registro de ese día. No toman...

Remodelaron el aeropuerto, asfaltaron todas las calles que rodeaban el Teatro Délfico y también las del centro de la ciudad, limpiaron la Plaza Condell, la Plaza Prat y su torre con ese mítico reloj que al parecer nunca nadie había visto funcionando, pusieron pasto donde siempre había existido sólo tierra, compraron unas luminarias modernísimas y las instalaron en un buen trecho de la costanera, de Cavancha, esa larga península que era la postal perfecta de Iquique, la imagen que recorrería los noticiarios del mundo cuando informaran acerca del Mundial de Caza Submarina 1971, nada del viejo Iquique, de sus calles polvorientas, sucias, de ese cerro inmenso, seco, que anunciaba el desierto allá lejos, no, lo que importaba era el mar, la costanera, la villa olímpica recién inaugurada, la hostería impecable, los aviones aterrizando de manera perfecta en mitad de la ciudad, ahí, a unos cuantos metros de Cavancha, deteniendo el tránsito, un semáforo o un carabinero, había que detener el tránsito cuando aparecía en el cielo un avión, toda la costanera en pausa los minutos que fueran necesarios para dejar que aquella nave aterrizara, perfectamente, en aquel pequeño pero remozado y renovado y remodelado aeropuerto. En realidad, aeródromo. Si debemos ser fieles a los hechos y a las palabras, hay que decir: aeródromo.

Aeródromo Cavancha.

Era muy comentado lo corto de su pista de aterrizaje y lo problemático de su ubicación en plena ciudad, a sólo unos metros de la playa, un lugar que había crecido de manera exponencial en los últimos años y que no pocos iquiqueños miraban con desconfianza, los aviones, la pista de aterrizaje, el aeródromo como escenario perfecto para un accidente: cartas en el diario, columnas, notas, todos alertando del peligro pero no había forma de mover las instalaciones, el alcalde Soria sabía que si lograba construir un aeropuerto alejado de la ciudad se aseguraría varios años más en el poder, pero no era fácil la jugada y menos con el Mundial de Caza Submarina a la

vuelta de la esquina [texto ilegible]

aeropuerto de Iquique.

Cuando aquel proyecto se hiciera realidad, más de alguno iba a proponer que le pusieran el nombre del Chungungo —un poco en broma, un poco en serio—, como también circularían los nombres del

Tani Loayza y Arturo Godoy e incluso el de Jorge Robledo, el gringo, George, que muchos iquiqueños desconocían que era un coterráneo, sí, el mismo que brilló en el fútbol inglés con el Newcastle y que luego volvería a Chile para jugar en Colo-Colo.

El Chungungo iba a conocer a Robledo un par de años después, y también al Tani y a Arturo Godoy, con quien compartiría no sólo escenario sino también un par de copas de vino y unas carnes a la parrilla, pero antes de que todo eso ocurriera, antes de que su nombre circulara —medio en broma, medio en serio— como una opción para el nuevo aeropuerto de Iquique, hay que detenerse en aquellos meses que antecedieron al Mundial de Caza Submarina, sólo unos meses, para encontrarnos al Chungungo caminando por el desierto junto a todo el equipo chileno, los diez integrantes caminando bajo el sol, perdidos en una tierra infinita, luego de que se subieran todos al furgón en Iquique, frente al gimnasio municipal, y partieran rumbo al desierto: subir la cuesta, ese cerro enorme, seco, y ya arriba, detrás de él, la pampa y la inmensidad de esa tierra gris, ahí los habían dejado los entrenadores, sin darles mayores indicaciones, caminar todo lo que pudieran, en silencio, les dijeron, un poco a la deriva, sin miedo ni desesperación, aprender a controlar el espíritu, la ansiedad, dejar que sus cuerpos fueran uno con el paisaje, con el sol, mirar el cielo abierto, despejado, hasta encontrarse con algún lugar donde poder capear el sol, descansar, algo así, nadie del equipo entendía muy bien por qué estaban ahí, qué buscaban los entrenadores al dejarlos tirados en el medio del desierto, pero avanzaban, en silencio, esperando comprender, de golpe, cuál era la trama que se escondía detrás de todo esto.

Sin embargo, el desierto seguía inmutable —el sol arriba, golpeando, duro— y, por más que avanzaban, el paisaje seguía siendo el mismo o prácticamente el mismo, imposible percibir las pequeñas alteraciones de la luz en aquel horizonte que se perdía frente a sus ojos, allá lejos, como si fuera un espejismo, el horizonte, en silencio, avanzaban, cruzando miradas de vez en cuando o, más bien, siguiendo los pasos de José Ángel, quizás esperando, todos, que él tuviera las respuestas o que al menos supiera lo que estaban haciendo ahí, tan lejos del mar.

Es difícil asegurar en qué momento de esa eterna caminata vieron aquellas construcciones a lo lejos, imposible discernir bien quién fue el primero que entendió —y gritó— que esa imagen que irrumpía en el horizonte no era un espejismo sino una

desierto, abandonada o habitada, dijo otro, ya con más ánimo y entusiasmo, pues ahora sí que sí estaban seguros de que el paisaje —y el sol y el calor y el sudor— no les estaba jugando una mala pasada, no, era un pueblo, una oficina, lo que fuera, ya les daba lo mismo, lo importante es que podrían buscar algo de sombra y no morir en el intento, buscar algo de agua y no morir en el intento, refugiarse de ese sol brutal y esperar a que volvieran a aparecer los entrenadores o alguien que les diera una mano, que los devolviera al mar.

Creo que nunca supieron cuál era el nombre de esa oficina salitrera, tampoco la recorrieron mucho, excepto Torres, el iquiqueño, el tapado, el que ya había asumido su rol secundario en toda esta historia —pues no había estado a la altura de las expectativas ni en las competencias ni en los entrenamientos—, y que sin embargo, quizá por lo mismo, se alejó del grupo y se adentró en ese pueblo en ruinas, buscando quién sabe qué, en medio de esos escombros y casas abandonadas, construidas alrededor de algo que, al parecer, alguna vez había sido un río o un riachuelo, inaplicable, ahí, en medio de la nada, rodeado de algunos árboles ya completamente secos. Torres, el iquiqueño, el tapado, recorrió las casas hasta encontrar algo parecido a un colchón tirado en el piso y se acostó, mirando el techo, exhausto; no entraba una gota de aire, de viento, nada, pero al menos la vida parecía otra ahí, bajo la sombra de esa habitación con las ventanas rotas, por donde la luz fue desapareciendo lentamente hasta que Torres se quedó dormido sin que ninguno de sus compañeros lo supiera en ese momento, todos exhaustos igual que él, capeando el sol, esperando que los entrenadores volvieran, todos ya resignados a la empresa definitivamente imposible de conseguir agua en ese lugar.

Sólo ahí fueron capaces de percibir las pequeñas alteraciones de la luz deformando aquel paisaje hasta hacerlo irreconocible, en esos tonos amarillos y ocres que fueron dando paso al azul y al violeta y al negro, que ya luego terminó por devorarlo todo, incluso ese calor insoportable que en un par de horas se convirtió en un frío insoportable que ninguno de ellos conocía hasta ese momento, ni siquiera cuando estaban sumergidos en el Pacífico y ciertas corrientes lograban atravesar sus trajes de hombre-rana, no, el frío del desierto era distinto, y lo sentían ellos y lo sentía seguramente Torres, el iquiqueño, el tapado, que a esa altura seguía durmiendo arriba de ese colchón roñoso, duro, pero sobre el cual todos hubieran sido felices, porque a esa hora de la tarde que ya casi era noche lo único que querían era volver a sus casas y dormir.

Ellos creen que los entrenadores aparecieron con

pero convencidos de que no podían seguir ahí. Sólo en ese momento, cuando los entrenadores les dieron una botella de agua a cada uno, descubrieron —o más bien recordaron— que Torres, el iquiqueño, el tapado, había desaparecido. O que, en realidad, no tenían idea dónde estaba, por lo que la alegría de ese encuentro y del agua y de saber que iban a poder dormir en sus camas aquella noche, se fue al carajo.

Pasaron largos, larguísimos minutos recorriendo casa por casa, en la oscuridad, muertos de frío, gritando el nombre de Torres, sin recibir nada a cambio. Más de alguno asegura que sólo en ese momento el Chungungo alzó la voz y dijo que era suficiente, que no valía la pena seguir buscando a Torres, al iquiqueño, al tapado, porque seguro que se había perdido por ahí, quizá se empampó, quién sabe, pero ya se las ingeniaría para volver a Iquique, si huevón no era, así que podían estar tranquilos, de hecho, era muy probable que en ese mismo momento se encontrara en un mejor lugar que todos ellos.

Dicen que lo miraron extrañados, sobre todo José Ángel, pero que luego de un rato, en el que siguieron buscando en silencio, terminaron por darle la razón. Torres conchesumadre, que se lo coman los jotes, dijo uno y los demás se sumaron a la renuncia absoluta, a la posibilidad del abandono, a la convicción de que lo mejor era dejarse de hueviar y volver a Iquique, a la ciudad, y que todo ese día —el sol, la caminata, ese pueblo de mierda— quedara de una buena vez atrás.

Estaban convencidos, pero entonces vieron que uno de los entrenadores se ubicó frente al grupo y les pidió unos segundos de atención.

Tenemos un problema, dijo, un problema grave, repitió y cuando iba a comenzar un discurso largo, importante, acerca de la solidaridad, el compañerismo y la necesidad de que el grupo estuviera más unido que nunca para afrontar la adversidad, el Chungungo lo interrumpió y le dijo que estaban cansados y que ninguno de sus compañeros iba a seguir buscando al famoso Torres porque era imposible encontrarlo en ese lugar, en medio de la noche, después de que los abandonaron ahí, en el desierto, quién sabe por qué o con qué fin, ese ejercicio, dijo, esa prueba nadie la entendió ni nadie la entiende, así que ninguno se mueva hasta que nos subamos al furgón y volvamos a Iquique, por último que nos dejen en Iquique y ya cada uno se buscará la vida allá abajo, pero aquí ya nadie más se mueve.

El otro entrenador, el que se mantenía en silencio y a quien, al parecer, se le había ocurrido original-mente la idea de lanzarlos al desierto, miró a José Ángel y luego miró al Chungungo y después ya no miró a nadie más porque se dio media vuelta y ca-minó hacia el furgón, abandonando, en ese instante, cualquier idea que los mantuviera ahí buscando.

guian ahí, resistiendo el frío de la pampa, que a esa hora los golpeaba con tanta fuerza como hacía sólo un rato los había golpeado el sol. Nada de medias tintas en el desierto, nada de matices. Quizá de eso se trataba todo; no había otra enseñanza que sacar de aquella jornada, sólo aquellas horas interminables caminando bajo el sol, sintiendo cómo la sed podía enloquecerlos o cómo avanzar se podía convertir en un verbo inútil en un lugar como ese.

Se subieron todos al furgón y regresaron ya muy tarde a Iquique. Se acomodaron en el gimnasio municipal, durmieron en cualquier parte y al día siguiente partieron ya de vuelta a Los Verdes para continuar con el entrenamiento.

Faltaban menos de dos meses para que comenzara el mundial.

Torres, el tapado, el iquiqueño, apareció unos días más tarde. Nunca nadie supo muy bien cómo volvió ni qué le había pasado. No tenían tiempo para pensar en nada más que lo que venía, pues a esa altura estaba completamente definido quiénes serían los cuatro elegidos para conformar el equipo chileno, los que el 4 y 5 de septiembre irían por la hazaña: ser, por primera vez, campeones del mundo.

Se refugiaron en un hermetismo absoluto esos meses antes del mundial. De hecho, rechazaron hablar con un periodista de la revista *Estadio*, quien preparaba un largo reportaje sobre el equipo chileno. Estaban convencidos de que los otros países habían enviado espías, gente que se hacía pasar por turistas o aficionados a la caza submarina, pero que en realidad estaban recabando información para las otras selecciones, registrando sus estrategias, siguiendo los pasos de José Ángel y el Chungungo, pues ya se había corrido la voz; toda la atención debía ir hacia ellos, sus

a don Mario que por favor los cuidaran y que ojala no les exigieran, que era por el bien de Chile, que ya luego los devolverían a la caleta y seguro que regresarían con las medallas de oro.

De los espías extranjeros nunca hubo más registro que los rumores que circulaban por las calles de Iquique y las sospechas ante cualquier persona que luciera como un afuerino: el color de piel, los ojos claros, un acento extraño, lo que fuera, cualquier detalle los ponía en alerta y los convertía en personas hostiles, de respuestas breves, de miradas incómodas. De hecho, ese fue el ambiente con el que se recibió a las comitivas de los diecinueve países que participarían en el mundial cuando arribaron oficialmente unos días antes del inicio de la competencia. Algunas selecciones se habían instalado varias semanas antes para reconocer el terreno. A esa altura, claro, ya debían haber estudiado detalladamente nuestra flora y fauna marina, las costumbres y los secretos de la costa iquiqueña, las corrientes y sus mañas, las temperaturas del agua, la visibilidad, en fin, todos los detalles, estudiados minuciosamente con el propósito de que el azar tuviera la menor incidencia posible aquellos días en que los hombre-rana tuvieran que salir a altamar a cazar la mayor cantidad de peces en menos de seis horas, de eso se trataba la competencia: dos días, veinte países, seis horas de competencia cada día y la gloria, que podía ser para el equipo y también para alguno de los cazadores en la categoría individual.

Cuando ya se asomaba julio en el calendario, los entrenadores no sólo definieron el equipo —seis elegidos: tres que competirían y tres reservas—, sino que también los concentraron definitivamente en

Los Verdes, lejos de Iquique pero también lejos de sus lugares de origen, completamente aislados, con el propósito de ahuyentar los rumores, el ruido. También quedó definido que el entrenador principal sería Soto Smith, Pedrito Soto Smith, un oriundo de la zona que había ganado varios campeonatos nacionales y que participó en dos mundiales, sin resultados muy favorables, la verdad, pero que era a quien más respetaban. Hablaba poco, pero fue él a quien se le ocurrió lo del ejercicio del desierto y fue él, también, quien esa noche le dio la razón al Chungungo y les permitió volver a Iquique, aunque no hubieran encontrado a Torres, el iquiqueño, el tapado, que luego de ese incidente —y a pesar de que toda la fanaticada iquiqueña y los periodistas y todo el mundo lo imaginaba y exigía como uno de los tres titulares que competirían en el mundial—, terminaría por no ser parte de los seis elegidos. Ni siquiera reserva. Nada. Y esa decisión la tomó Pedrito Soto Smith, el entrenador principal, que además convocó a un par de preparadores físicos que se sumaron a la concentración

en absoluta reserva y solo meses después del mundial conseguiríamos enterarnos, por la prensa, de algunos detalles, algunas historias, sobre aquellas largas semanas en Los Verdes: jornadas que comenzaban a las cinco de la madrugada, exámenes médicos, dietas estrictas, diez kilómetros de trote, intensos trabajos de respiración y ya luego lanzarse al mar, reconocer distintas zonas de la costa para definir cuáles serían los movimientos durante el mundial, ejercicios de caza entre dos a siete horas y con indicaciones muy específicas: peces grandes, lo más grandes posibles, pues los kilos podían definir un mundial, sí, peces grandes, sobre todo la búsqueda de pejeperros y hachas, y ya luego en la tarde, subirse a una bicicleta y recorrer entre veinte y treinta kilómetros, y así, entonces, una rutina que duró más de sesenta días hasta que septiembre estaba ahí, a la vuelta de la esquina.

La ciudad completamente preparada.

Ellos completamente preparados.

Se supone que en esos más de sesenta días recibieron un par de veces la visita de sus familiares y amigos. A Chungungo y José Ángel los fue a ver don Mario y también Riquelme. Incluso, en una ocasión pudo ir la señorita Carmen, quien habló largamente con el Chungungo, alejados del grupo, tomándose un té cuando empezaba a esconderse el sol. Era la hora en que la marea subía y ya no podían seguir entrenando. Se sentaron sobre la arena; más allá, lejos, rompían las olas, y ellos hablaban quizás de qué o de quién. Seguramente, la señorita Carmen le contó lo que estaban haciendo en Santa María, que ya habían

y todo eso, pero que ya estaban disponibles las casas, que ya se habían instalado los Cáceres con Villagra y los Avendaño, y que Riquelme y su madre lo estaban esperando a él.

El Chungungo se debe haber puesto feliz, qué duda cabe. Seguro que le pidió más detalles, imaginó esas casas, imaginó a sus amigos ahí, recuperando algo que parecía imposible. Pensó que si Luchito hubiera aguantado un poco más, ahora estaría ahí, con ellos. Pero eso no se lo debe haber dicho a la señorita Carmen. Le debe haber contado de su día a día, de esas mañanas trotando diez kilómetros, o esas tardes en que agarraban las bicicletas y pedaleaban horas y horas, buscando llegar a un punto en que el físico no les jugara una mala pasada el día de la competencia, lograr que el cuerpo funcionara como una herramienta perfecta, útil, incuestionable. Quizá le habló de eso, de cómo había comenzado a entender mejor su cuerpo y la respiración, mantener el aplomo allá abajo como si no faltara el aire nunca. Tiempo después, cuando los periodistas le preguntaran qué había sido lo más importante de esos meses de preparación, él insistiría en lo del aplomo y la respiración, entender cómo podía mantener la calma incluso en los momentos más álgidos, cuando todo parecía desbordarse. Seguro que también ayudó en eso la señorita Carmen, sus palabras, sus historias, la forma en que le preguntaba cómo se sentía, cómo estaba viviendo cada uno de esos momentos: la convivencia con José Ángel y el grupo, el miedo a que los oídos volvieran a fallarle, los fantasmas que siempre podían aparecer allá abajo.

No lo iba a decir en ninguna entrevista, pero imagino que esa tarde, conversando con la señorita Carmen, espantó cualquier idea que perturbara su tranquilidad y su concentración.

A esa altura ya podían considerarse algo así como amigos, aunque las reglas de las ciencias sociales estipularan —o sugirieran, al menos— que aquello no estaba bien, eso de confundir las cosas, de traspasar ciertos límites, de mezclar el trabajo con la vida privada y así dar paso a un vínculo nuevo. Crear una intimidad, una historia, que antes no existía y que en realidad, pensaba, era muy difícil que algún día existiera. Pensó en decirle algo esa tarde, estaba ahí, a su lado, pero no se atrevió. Los tiempos no eran fáciles, detrás de las risas y el entusiasmo acechaba, siempre, algo parecido al espanto. Imposible que de alguna u otra forma no lo intuyeran. Estaba ahí, en el aire, en las calles, en las discusiones y en los silencios, en las miradas llenas de sospecha y en las complicidades, todo eso ya estaba ahí antes de que el Chungungo y sus compañeros llegaran a Los Verdes y fueran niela

Si la imagen fuera en blanco y negro, uno podría conjeturar que está suspendido en el aire, cargando su fusil, mirando en todas las direcciones posibles, como si se le hubiera perdido algo. También cabría la opción de que alguien pensara que está ahí, moviendo su cabeza de un lado a otro, completamente desorientado. Pero lo cierto es que la imagen nos devuelve al Chungungo en colores, por lo que sabemos que no está suspendido en el aire sino sumergido en el mar, en un punto exacto en que la luz consigue trazar perfectamente su contorno en medio de esas aguas algo turbias, levemente turbias, en realidad.

Flota con una parsimonia que resulta inverosímil: está rodeado de competidores de todo el mundo que buscan cazar la mayor cantidad de peces para así coronarse campeones del mundo. Está rodeado, pero la imagen, al menos por un minuto —un largo y silencioso minuto—, lo muestra completamente solo, flotando, con el fusil firme entre sus manos, sin perder en ningún momento la concentración, de eso sí podemos estar seguros: lo que ocurre frente a nuestros ojos es la muestra perfecta de un deportista que está a sólo unos cuantos minutos de llegar a su punto de inflexión, pues lo que va a hacer ese día Chungungo Martínez no sólo es protagonizar una jornada histórica, memorable —y todos los adjetivos que el periodismo deportivo intente agotar en las portadas que le dedicarán—, sino más bien empujar los límites de lo posible, de ese lenguaje mundano que parecía indicar simplemente un camino, una historia, una ruta determinada, lo de siempre: la imposibilidad de que un muchacho que nació en el desierto, a un montón de kilómetros del mar, un día alcanzara la gloria.

Pero de todo eso —de la alegría y del goce y del pueblo desbordado celebrando por las calles de Iquique— habrá sólo un par de imágenes, un puñado de tomas algo desenfocadas, un rumor, un fuera de campo que tendríamos que complementar con otras versiones, con otros registros, aunque todo in tento por aut

septiembre de 1971, en que se realizó el décimo Campeonato Mundial de Caza Submarina, que sería registrado por la cámara de un joven, jovencísimo documentalista, Vincenzo Rossi, quien venía a Iquique a filmar realmente al equipo italiano —los últimos campeones del mundo—, pero que terminó por resignarse ante lo obvio: el talento descomunal del Chungungo Martínez y de José Ángel, los dos personajes que terminarían protagonizando las imágenes registradas por las dos cámaras que trajo desde Italia, dos cámaras que parecían venir del futuro o del espacio, y que le permitieron filmarlos en acción, bajo las aguas, pero también arriba, antes de que comenzara todo, cuando nadie preveía que los chilenos serían imbatibles.

Como se podrán imaginar, no lo recibieron de manera muy amistosa, el equipo chileno, digo, cuando Vincenzo llegó a Los Verdes, unos días antes del inicio de la competencia, y les contó —en un frágil pero aceptable español— que preparaba un documental. Les dijo que había practicado buceo durante muchos años que tenía todos los equipos y el entrenamiento necesario para conseguir las mejores imágenes. Habló con un par de dirigentes primero, les aseguró que era un proyecto personal, que no tenía mayor relación con la selección italiana y que le habían dicho que el equipo chileno venía muy fuerte, así que quería dedicarse a filmarlos un buen tiempo, ojalá conocer a los seleccionados, conversar con ellos, acompañarlos en algún entrenamiento, arriba o abajo, dijo, y los dirigentes no entendieron bien a qué se refería pero, de todas formas, lo primero que le dijeron fue no, difícil, imposible. Esas tres palabras: no, difícil, imposible. Se oyen perfectamente en la voz de Rossi, quien empieza su documental filmando el aterrizaje de un avión en el aeropuerto frente a Cavancha, eso pareciera obsesionarle en los primeros segundos de su película, el aeropuerto tan cerca del mar, para luego contar cómo recibió esta respuesta negativa de los dirigentes chilenos.

No me quieren, dice, no me quieren, espía, italiano espía, informante, enemigo.

Ante la negativa, Vincenzo Rossi decide recorrer la ciudad —a la espera del arribo de las otras selecciones— y filmarla detenidamente, sus calles, sus casas de madera antiguas, y esos cerros imponentes que, al parecer, es lo que más llama su atención.

Ustedes no lo imaginan, pero por aquí anduvo hace más de cien años el famoso Charles Darwin —narra la voz en off mientras las imágenes muestran los cerros y luego el mar y el puerto—, el 12 de julio de 1835, Charles Darwin llegó a Iquique a bordo del Beagle y en uno de sus papeles describió así la ciudad: «Tiene unos 1.000 habitantes, y se levanta sobre una pequeña llanura arenosa al pie de una gran mu-

los barrancos se llenan, como es natural, de detritus, mientras las laderas se cubren de montones de fina arena blanca hasta la altura de 1.000 pies (…). El aspecto del lugar era en extremo sombrío; el pequeño puerto, con sus contados barcos y reducido grupo de pobres casas, parecía abatido y fuera de toda proporción con el resto del paisaje». La imagen vuelve a detenerse en esos cerros grises, aquella gran muralla de roca, para luego dar paso al cielo —celeste, abierto— y terminar en el mar. Filma las casas de El Morro, conversa con algunos pescadores, visita algunos barrios, El Matadero, El Colorado y la catedral, entrevista a las personas que pasean por la Plaza Prat y a un puñado de alumnos que están saliendo del Iquique English College, reconstruye la historia de la ciudad, del puerto, con esas voces. Habla de los años del salitre, los exitosos años en que Chile vivió gracias a ese mineral, busca a personas que hayan vivido en alguna oficina, ojalá en Humberstone, donde filma lo que queda de ese lugar en medio del desierto. Se queda, de hecho, obnubilado por el desierto, se regocija filmando ese paisaje que a ratos parece de otro planeta, un paisaje lunar dice la voz en off y se detiene por largos segundos en ese manto interminable de tierra donde los colores adquieren otro cuerpo, otra vida. Conversa con un par de historiadores locales y uno de ellos le explica que todo fue culpa de un alemán, un químico, un tal Fritz Haber, quien alrededor de 1910 empezó a experimentar con una serie de sustancias que desembocarían en la creación del salitre sintético y, entonces, comenzaría la debacle económica de Chile.

Ese alemán nos cagó la vida —dice un exempleado de una de las oficinas salitreras más grandes que hubo en el norte, pero que a esa altura está completamente abandonada, como lo muestran las imágenes: un pueblo fantasma, olvidado; imposible de sospechar que en ese lugar hubo, no tantos años antes, una vida intensa, numerosa.

La cámara de Rossi se mueve con naturalidad pero también con un cierto afán antropológico, o quizá demasiado turístico: quiere mostrarle al mundo —o a sus compatriotas, al menos— cómo es este pintoresco puerto chileno, ubicado a unos pocos kilómetros del desierto, va a repetir varia veces la voz en off, que se dará tiempo también para comentar el presente político del país y regocijarse con cada una de las imágenes de pobreza que encontrará en su deambular —las casas a medio construir, los descampados y el olor que se tomaba la ciudad a eso de las seis de la tarde, el olor de la harina de pescado al que ya todos los iquiqueños estaban acostumbrados y que agradecían, pues que existiera ese olor significaba que había trabajo, pero la podredumbre

la voz en off mientras las imágenes muestran una protesta de los portuarios y los periódicos hablan de una serie de amenazas de paros y de lo mal que lo está haciendo Salvador Allende.

Rossi detiene la cámara ante dos muros que encuentra en la ciudad. En uno se lee «Imperialismo yankee y sus lacayos»; en el otro, «Gusanos vende patria».

Salvador Allende aparece, también, en el documental, aunque algo desenfocado, en un par de imágenes fugaces que logró capturar Rossi el segundo día de la competición, el 5 de septiembre, cuando el presidente visitó Iquique por unas horas para luego viajar a Santiago y pronunciar el discurso que conmemoraba un año de su triunfo, un año de la Unidad Popular.

Como si fuera un fantasma, ahí está Allende, arriba de un auto descapotable, recorriendo Cavancha, mientras la gente lo saluda y lo vitorea y agita sus pañuelos blancos, y él devuelve los saludos, con los brazos en alto, agradeciendo el apoyo.

Rossi los filma a ellos, sí, a esos hombres y mujeres que salieron a las calles a apoyar al Chicho, al doctor, al líder de un proyecto que nos va a cambiar la vida, que nos está cambiando la vida —dice una mujer frente a la cámara y se emociona. La gente aplaude, grita, el pueblo está ahí, en esas imágenes que Rossi despliega como la única forma de narrar el paso de Allende por la ciudad, en medio del mundial. No logra seguir a la caravana, o quizá prefiere no hacerlo. Probablemente sabe que ahí, en ese puñado de escenas, se esconde otra película, se anuncia otra historia.

Cuando termine de montar esas imágenes, de hecho, Salvador Allende estará muerto. Y de alguna forma todo ese registro —los rostros, los gritos, la alegría, los rayados, los murmullos— será el espectro de aquella otra película que nunca se decidió a filmar. Con ese archivo de imágenes ausentes también podría contarse esta historia o al menos estos dos días épicos en que toda una ciudad va a detenerse para seguir la competencia, el camino de ese grupo de jóvenes chilenos que busca, por primera vez, llegar a lo más alto. Esas imágenes no existen más que en un relato oral, pero al que Rossi va a invocar en varios momentos, pues sabe que es la única forma de registrar esos días, no hay otra, lo sabe, y entonces lo intenta: la ciudad está detenida y los equipos empiezan sus movimientos muy temprano por la mañana. Ya todos se han instalado en la villa olímpica, comenzaron a llegar temprano al puerto, en el norte de la ciudad. Los primeros fueron los ingleses y los estadounidenses, a eso de las seis de la madrugada. Ni

de las ocho de la mañana.

Los tres hombre-rana que competirían ese día eran José Ángel, el Chungungo y Castro, el coquimbano; una elección polémica porque era el único de los seleccionados que no venía de Iquique ni de sus alrededores. Pero Soto Smith estaba convencido de que era el más apto para la competencia. A esa altura, los murmullos por la ausencia de Torres, el iquiqueño, el tapado, ya habían disminuido, entonces lo único que importaba era que Castro, el coquimbano, no defraudara.

A eso de las nueve de la mañana de ese 4 de septiembre arribaron a Cavancha en las embarcaciones. Desde ahí se daría el puntapié inicial a la competencia. Ya la península estaba repleta de gente, quizá ya habían más de mil personas congregadas para ver el inicio del mundial. Fanáticos que en realidad lo único que iban a poder ver de la competencia era eso, pues como repetirían muchas veces los periodistas deportivos en las crónicas que escribirían de aquellos días, la caza submarina era un deporte sin espectáculo, «un deporte que no se ve pero que se siente».

Solo algunos por su privilegiados puedo con arrendar lanchas que los iban a acercar hacia los lugares donde los hombre-rana cazarían. Pero de todas formas no verían más que esa imagen: la de un par de buzos que se sumergirían en el mar y saldrían a tomar aire cada dos o tres minutos, y ojalá, también, que en ese salir a la superficie pudieran llevar algún pez, que lanzarían arriba del bote que le correspondía a cada selección.

Pero es aquí donde el trabajo de Rossi va a ser fundamental, pues será el único que contará con una cámara acuática que le permitirá filmar a los competidores bajo el agua. Y gracias a esa cámara es que podemos detenernos en aquella imagen, la del Chungungo Martínez flotando por varios segundos, con el fusil en sus manos, manteniendo la calma mientras está rodeado de otros competidores que buscan lo mismo que él: cazar esos peces, escurridizos, que se esconden en los roqueríos o entre los numerosos bosques de huiro que completan el paisaje submarino de la región.

Esa primera jornada empieza a las nueve de la mañana y ya desde los primeros minutos es posible vislumbrar lo que viene. Porque los competidores extranjeros saben que jugar de visita significa, sobre todo, desconocer realmente el paisaje, las mareas y las costumbres de los peces, por lo que la gran mayoría decide seguir al equipo chileno. Es lógico: ellos van a ir a cazar al mejor lugar de la costa iquiqueña, así que tiene sentido esperar y seguirlos. Lo que no saben, sin embargo, es que Soto Smith estuvo meses imaginando ese primer día, meses diseñando la estrategia que pondrían en práctica esa mañana de manera excepcional. Soto Smith se los dijo: nos van a seguir

estuviera José Ángel, pues ya todos sabían que era el mejor. Lo que no calcularon fue que esa jornada el Chungungo Martínez iba a tener una actuación descomunal. Mientras los otros se fueron hacia el sur de Iquique, mucho más cerca de Los Verdes —una zona abundante en peces de cuatro a cinco kilos—, el Chungungo se dirigió hacia el norte, cerca de la pequeña Isla Serrano, en los Bajos de Lynch, donde él y sólo él iba a ser capaz de cazar en ese territorio hostil, lleno de huiros y donde la visibilidad disminuía considerablemente. Un lugar en el que el equipo no había entrenado mucho, un mundo levemente desconocido, pues se habían concentrado siempre en las playas del sur de Iquique, ya estaban acostumbrados a ese paisaje, todo el trayecto hacia el norte era un espacio que les parecía muy lejos como para indagar en él: Caleta Buena, Pisagua o ya más arriba caleta Camarones: sabían que el mar era generoso ahí, pero no debían salirse de los márgenes de Iquique. Por eso los sorprendió a todos el movimiento del Chungungo. Era una apuesta. Y por eso, también, sólo un competidor lo siguió hacia como aguaor el capitán de Brasil. Y si bien logró cazar al inicio varias achas y algunos pejeperros, luego de un rato la turbiedad del agua no le permitió continuar con la faena y se tuvo que trasladar hacia el sur, dejando solo al Chungungo y perdiéndose, entonces, no solamente la posibilidad de cazar las piezas más grandes de la jornada, sino el espectáculo brutal que iba a dar el Chungungo durante las seis horas que duró la competencia. Porque lo del Chungungo Martínez fue de otro planeta: en seis horas, y en medio de esos bosques infernales de huiro y esos roqueríos imposibles, iba a cazar sesenta y tres piezas equivalentes a más de ciento cincuenta kilos, es decir, un promedio de una pieza cada cinco minutos, en forma continuada, durante seis horas: respirar profundo, ponerse la máscara, lanzarse al agua y entonces bajar con el fusil y disparar a cada uno de los peces que se cruzara en su camino, grandes, ojalá lo más grande posibles, arponearlos, y luego subir con la presa y lanzarla en el bote y volver a descender, así, una y otra vez, durante trescientos sesenta minutos, arriba, abajo, arriba, abajo, y mantener la calma, el aplomo, en aquellos momentos en que el agua se volvía difícil y las achas, las cabrillas y los apañados se escondían más de la cuenta, mantener el aplomo y afinar los reflejos para que nunca pasaran más de cinco minutos sin cazar.

Fue eso: sesenta y tres piezas en seis horas.

El que más iba a acercarse aquel día a su marca, era el capitán de los peruanos, que cazaría cuarenta y dos piezas, lejos, muy lejos del espectáculo del Chungungo Martínez, que dejaría a Chile, en ese primer día de competencia, como puntero absoluto —tanto

Sí, todos lo reconocieron: la estrategia de Soto Smith había sido perfecta.

La cámara de Rossi logró capturar algunas imágenes del pesaje, en la tarde, cuando los jueces dieron por ganador de la jornada a Chile. Sin embargo, no es un registro pormenorizado, sino más bien una sucesión de tomas que se detienen, sobre todo, en el público, en los gritos, en la alegría, pues se transmite la confianza de que Chile será campeón, que es imposible que le arrebaten el triunfo. Rossi entrevista a algunos de los presentes en el Teatro Délfico, pero no logra hablar con los seleccionados chilenos ni tampoco con los técnicos ni dirigentes. Guardan todos un silencio cómplice. Lo dice la voz en off: sus rostros transmiten serenidad pero no confianza, al contrario, pareciera que no bajan nunca la guardia, están concentrados, levemente alegres, pero concentrados en lo que será la competición del segundo día, el día más importante, el definitivo, donde tendrán que cambiar la estrategia, pues ahora todos van a seguir al muchacho Martínez, la gran revelación de la jornada, el mejor de todos.

Lo que se mueve en el mar es una figura indescifrable, la cámara lo sigue pero no hay ninguna certeza, imposible describir qué es eso que se esconde entre las olas, lejos de la orilla y las rocas. El mar está picado, la marea algo inquieta, pero la cámara de Rossi se mantiene fija, esperando que aquello irrumpa. Atraviesa el cielo una gaviota o un cormorán —¿o quizás un pelícano?— y luego se hunde en el mar. El oleaje lo mueve, lo molesta, algo lo molesta, es eso entonces, aquí está: el cormorán —sí, es un cormorán, no hay dudas— vuelve a emprender el vuelo y, por fin, la cámara logra fijarlo: aparece la silueta entre las olas

ceos y moluscos y algunos peces —no mucho, sólo algunos pequeños—, y que ocasionalmente pueden atacar a aves, como este que muestra la imagen y que intentó cazar a ese cormorán que ya no se ve en la pantalla y que vuela lejos, muy lejos de ese pequeño animal que se deja arrastrar por las olas y que lleva el nombre de chungungo, chungungo repite la voz en off, que significa gato de mar pero que en realidad, como pueden verlo ahí, serpenteando esas olas, parece más bien una nutria, una nutria de mar.

Chungungo, tienen que recordar este nombre, dice la voz en off mientras la imagen se queda fija en las olas y luego da paso al fondo del mar, y es aquí donde aparece, entonces, aquella toma en que ya no vemos a ese chungungo sino a nuestro Chungungo, al Chungungo Martínez sostener el fusil, concentrado, esperando el momento de atacar.

Pantalla a negro.

Día dos, se lee en letras blancas.

Amanece.

Los cerros grises, un sol tímido asomándose, el cielo despejado, la ciudad despierta, el ruido, la gente caminando hacia Cavancha, los equipos moviéndose en la villa olímpica, la ciudad completa moviéndose en realidad, pues saben, intuyen —dice la voz en off— que será un día importante, un día histórico, dice un señor a la cámara, ¡hoy vamos a ser campeones del mundo!, grita un muchachito que pasa corriendo, en dirección al mar.

Toda la ciudad pareciera ir en dirección al mar. Saben, además, que el presidente Allende va a aterrizar muy temprano y que luego se dirigirá a la playa a dar el vamos a esta segunda jornada del mundial, Allende y un año desde que ganó las elecciones, un día importante que la cámara de Rossi intenta registrar en toda su magnitud, la alegría pero también el nerviosismo, la competencia y el recorrido de Allende por las calles, saludando a la gente que lo ha ido a recibir. Hay una secuencia de imágenes algo inconexas pero que buscan transmitir todo el caos que se vive en Iquique a esa primera hora de la mañana, cuando son pocos minutos antes de las nueve y ya en la península —dice la voz en off— se contabilizan cerca de tres mil personas, que están ahí, dándole todo el apoyo al equipo chileno, vitorean el nombre del Chungungo y también el de José Ángel, la cámara los enfoca, podemos ver sus primeros planos, ninguno sonríe, al contrario, José Ángel parece algo nervioso, lo mismo Castro, el coquimbano, que limpia su fusil, se arregla los lentes, mueve el cuello, la cabeza, en círculos, inhala, exhala, se mueve como si fuera un boxeador, da esos pequeños saltitos, vuelve a inhalar, profundo, y luego exhala una vez más. De Chungungo no hay más imágenes, ya toda la atención de P

pocos espectadores se suben a las lanchas que intentarán seguir, sobre todo, al equipo chileno, el Choro Soria no se aleja ni un minuto del presidente Allende, lo mismo los dirigentes, le acercan un micrófono, todos los equipos ya están en la orilla, concentrados, los jueces, los botes de asistencia, son las nueve de la mañana del 5 de septiembre de 1971.

Comienza la segunda jornada del Mundial de Caza Submarina y ocurre exactamente lo que Soto Smith les había adelantado que ocurriría, la noche anterior, cuando reunió a los tres hombre-rana, sólo a ellos tres, y les compartió la estrategia que utilizarían ese día, una estrategia que cambiaba los planes que había discutido, diseñado y conversado durante todas esas semanas de entrenamiento en Los Verdes, había que cambiar la estrategia y eso lo entendió Soto Smith apenas terminó la primera jornada, cuando nadie podía creer aún el desempeño del Chungungo Martínez. Había que cambiarlo todo, les dijo Soto Smith, porque ahora las selecciones se iban a concentrar en él y sólo en él —les dijo e indicó al Chungungo con el índice , a él y sólo a él, lo que significa que va a abrirse una oportunidad para ustedes —y ahora indicó a José Ángel y a Castro, el coquimbano—.

Nada de esto, por supuesto, está registrado por la cámara de Rossi, que a esa hora de la mañana, cuando va a comenzar el segundo día de mundial, está obsesionado por filmarlo todo, no, nada de esa planificación está en el documental de Rossi pero sí nos enteraríamos todos cuando Soto Smith diera una larga entrevista en la revista *Estadio* y contara detalladamente los cambios de planes y la estrategia final, que sí —eso sí— registró Rossi: comienza la segunda jornada y todos los equipos están atentos a los movimientos del Chungungo, saben que deben seguirlo a él porque es él quien mejor conoce la zona, el mar, es él quien los guiará hacia los peces más grandes, él y sólo él.

Pero Chungungo no se mueve.

El resto del equipo chileno ya está en su bote, pero el Chungungo no se mueve de la orilla. Mira el mar, las olas, escucha el apoyo de esos tres mil espectadores —o quizá ya son cuatro mil o cinco mil—, pero sigue imperturbable, mientras José Ángel y Castro, el coquimbano, se dirigen de nuevo hacia el sur, pero esta vez no se instalan en Los Verdes, sino que se quedan un poco más cerca de la ciudad, por el sector de Bajo Molle, más tirado hacia Huayquique, ese es el lugar elegido.

Un par de selecciones, al ver que el Chungungo no se mueve de la orilla, deciden seguir al bote de José Ángel. Pero el resto, la mayoría, permanece ahí, esperando el movimiento del Chungungo.

Sí, tal como se lo quedan imaginan, medió la

cierto general de manera perfecta: los gringos y los peruanos conversan entre ellos, cuchichean, agitan los brazos, la cabeza, los yugoslavos gritan, discuten, lo mismo los brasileños, los cubanos no entienden nada.

Cuando ya va más de media hora y el Chungungo sigue sin moverse de la orilla, los capitanes de las selecciones aceptan lo inevitable: han perdido una suma valiosa de minutos, el chileno no va a moverse de ahí hasta que todos se metan al mar, y ninguno tiene muy claro cuál sector es el mejor para ir a cazar.

Uno a uno, entonces, resignados, van metiéndose al agua.

Después de una hora del inicio, ya no queda nadie en la orilla más que el Chungungo y la cámara de Rossi, que lo filmó al comienzo y después corrió tras la caravana que acompañó a Allende en su recorrido por Iquique, para luego volver a Cavancha y descubrir que el Chungungo seguía ahí, en la orilla, pero esta vez solo, ya sin ningún contrincante.

Rossi consiguió filmarlo en esa curiosa soledad y luego registró el momento en que el chileno ignoró sus cosas bajo la atenta mirada de Soto Smith y se subió al bote, rumbo, una vez más, al norte, al mismo sector donde cazó el primer día, y donde los equipos evitaron ir, pues escucharon los lamentos del brasileño que lo siguió en esa jornada y que fracasó rotundamente en esas aguas imposibles.

Chungungo regresó a Isla Serrano y, si bien esta vez la marea estaba más difícil y la visibilidad empeoró rotundamente con respecto al primer día, volvió a regalarnos una jornada memorable. Fue tanto, de hecho, que algunos equipos decidieron ir igual a Isla Serrano y se zambulleron y es desde ese lugar, desde ese momento, que proviene aquella imagen en que Rossi lo inmortalizó: el Chungungo rodeado de otros hombre-rana, sin soltar su fusil, esperando el momento preciso para atacar.

Los cronistas deportivos iban a escribir que en esas casi cinco horas que duraría su participación, el Chungungo cazaría como malo de la cabeza, con una rapidez asombrosa, de otro planeta, repetirían, el Chungungo Martínez nació en el planeta azul, el planeta de los mares y los peces, el planeta de los que tienen unos pulmones gigantes, donde puede caber todo el aire del universo.

Rossi, obnubilado por los movimientos del Chungungo bajo el agua —por esa capacidad infinita de respirar profundo, en la superficie, y luego descender y moverse rápido entre las rocas, buscando ojalá un acha, un apañado o un san pedro, o teniendo el aplomo necesario para recorrer los bosques de huiro y buscar algún congrio dorado entre las rocas—, no dejó de filmarlo durante esas cinco horas.

nas que siguieron la competencia desde la península, y que ahora querían ser testigos privilegiados del veredicto.

Ahí, achoclonados en el teatro, fueron escuchando los pesajes de cada equipo hasta que llegaron, finalmente, al de Chile. Atentos, miraron cómo se iban sumando kilos y kilos de pescados hasta llegar a la cifra final.

Si el primer día el Chungungo consiguió sesenta y tres piezas equivalentes a más de ciento cincuenta kilos, en esta segunda jornada —y con una hora menos de competencia— logró capturar sesenta y cuatro piezas, es decir, un par más que el capitán de Estados Unidos, que también tuvo un desempeño memorable pero que terminaría siendo sólo una anécdota: sus casi sesenta piezas pesaron algunos kilos más que las capturadas por el Chungungo, pero fue insuficiente.

A medio camino del conteo la gente comenzó a celebrar, pues entendieron que el resultado era irreversible. Los seleccionados trataban de mantener la calma, pero los dirigentes ya se abrazaban entre ellos y con los espectadores también. Podría decir: fijar la cámara, de hecho, en ese tumulto de chilenos felices mientras se oye, de fondo, cómo los jueces siguen sumando y sumando kilos a favor de Chile. Es eso: la cámara detenida mostrando aquellos rostros sonrientes y algunos desbordados por las lágrimas también, la emoción está ahí, en esos ojos rebasados de alegría, en esos cuerpos abrazados, cómo no; todos ríen y gritan y cada cierto rato vitorean un ceacheí y los niños, encaramados en los hombros de sus padres y hermanos, miran asombrados cómo se acumulan y acumulan pescados en esos sacos que corresponden a todo lo cazado por el Chungungo pero también por José Ángel y por Castro, que ya no volverá a ser nunca más el coquimbano, pues desde ese momento se convertirá en un iquiqueño más, un nuevo integrante de esa familia numerosa que es la tierra de campeones.

Cuando ya se acerca el final del conteo, los espectadores comienzan a entonar el himno de Iquique. Se escucha fuerte: «Cantemos con el alma estremecida/ ¡Iquique, Iquique, Iquique!/ Eres el gran amor de nuestras vidas/ mi viejo y heroico Iquique».

Los viejos lloran, desconsolados. Rossi los enfoca, en primer plano, como si quisiera decirnos que ahí, en esa euforia, se esconde la historia íntima de una eterna derrota, el relato oculto de años y años de momentos en que alcanzar la gloria estuvo ahí, a sólo unos cuantos metros o segundos, el casi casi, el fin de una serie de triunfos morales —eso dice la voz en off—, Chile era eso hasta antes de que apareciera el Chungungo Martínez y sus compañeros, un cúmulo de derrotas que se escondían detrás de un nuevo

talento para reponerse ante la adversidad, todo eso ahora quedaba atrás gracias a la actuación descollante del Chungungo Martínez, y de José Ángel y de Castro, el nuevo iquiqueño, junto a todo el equipo chileno, los otros seleccionados, los entrenadores, el preparador físico, los dirigentes, quienes ahora sí —como logra registrarlos la cámara de Rossi— empezaban a celebrar porque el resultado ya era definitivo: Chile, la selección chilena de caza submarina, era por primera vez campeón del mundo, los mejores en su categoría, ya no había nada ni nadie arriba de ellos, nada ni nadie, sólo ellos y la gloria, sólo ellos y la eternidad.

¡Viva Iquique!

Subieron al escenario cada uno de los seleccionados chilenos y les entregaron sus medallas de oro; en el caso del Chungungo Martínez tuvo que hacerlo dos veces, pues logró el mejor puntaje a nivel individual también, dos medallas de oro colgando de su cuello y todo el público gritando: ¡Chun-gun-go, Chun-gun-go, Chun-gun-go!

Rossi lo enfoca   ambos brazos alzados, los puños cerrados, firmes, sonriendo, mirando al frente o al cielo— y esa imagen la veremos una y mil veces, la dejaremos pausada como si en ella estuviera contenida la verdad del mundo, una y mil veces la veremos años después, cuando pensemos en el Chungungo y en aquellos días épicos, históricos, en ese mundo que ya no existe.

El Chungungo Martínez, con los brazos alzados, y más allá los cientos de personas que están en el teatro, aunque se oyen como si fueran miles, los que están ahí pero también los que quedaron afuera y que celebran y celebrarán todo ese 5 de septiembre hasta la madrugada, los bocinazos, la gente en la calle, en Cavancha, todo Iquique en la calle, entregados por fin al triunfo, al oro, a la gloria.

Las portadas de los diarios y de las revistas deportivas, las visitas a los programas de radio, las apariciones en la televisión —chilena pero también internacional—, las entrevistas, las muchísimas entrevistas, los saludos en la calle, en Iquique y en Santiago, una visita a La Moneda, un abrazo del presidente Allende que quedó registrado para la posteridad —esa foto en que el Chungungo, con un terno beige, impecable, sonríe tanto como aquel día en que fue campeón del mundo—, los palmoteos en la espalda, las firmas, las promesas, muchas y oficiales promesas que más tarde se convertirán en palabras muertas, la felicidad, eso sí, de todas formas, la sonrisa que durará tantas y tantas semanas, quizá meses, el recibimiento en Santa María, la caleta de fiesta, el orgullo nacional, el orgullo patrio, su familia, los de Caleta Negra, el recuerdo por quienes hubieran estado tan felices con su triunfo, la vida convertida en una historia nueva, desafiante. La vida y el futuro, el futuro y la dicha. Invitaciones, muchas invitaciones a recorrer el país y

también otras desde el extranjero, invitaciones proto-
colares, invitaciones del Choro Soria, el Choro Soria
recorriendo Iquique junto al Chungungo Martínez,
esperando capitalizar esa cercanía y todo el trabajo
invertido en el mundial, invitaciones al sur con Soto
Smith y un par de dirigentes que no se le despega-
ban un minuto, charlas con jóvenes y no tan jóvenes
hombres-rana que escucharán atentos sus consejos,
sus experiencias, una y otra vez obligado a contar
en detalle cada uno de los momentos que vivió en
el mundial, paseos con alcaldes, paseos por caletas
perdidas en el fin del mundo, regalos, más firmas,
más fotos, comenzar a planificar el próximo mundial,
el futuro y la dicha, el futuro y la responsabilidad de
defender ese primer lugar, más viajes, por tierra y
alguno que otro en avión, la experiencia inolvidable
de ver el mundo desde arriba, atravesar el cielo, mirar
Chile en esa pequeña ventanita del avión, Chile y
el mar y esa geografía accidentada, seca, y luego los
bosques, el mundo desde arriba y descubrir que nadar era eso también, mi

Unos parlamentarios de la región le prometieron
una casa, a él y al resto de los seleccionados, el sueño
de la casa propia en pleno Iquique, aunque el Chungungo no hubiese sabido qué hacer con ella, porque
no había forma de alejarlo de los suyos, de abandonar

Santa María sin llevarse a los de Caleta Negra con él, no, podía seguir recorriendo Chile pero siempre y cuando estuviera claro que había un lugar donde volver, no los quería dejar solos, quería compartir esta alegría lo más que pudiera con los Riquelme y el resto, abrazar fuerte a los Avendaño, agradecerles el apoyo, la paciencia, el cariño, quizá convencer a Luchito de que volviera y pensar en otro futuro, invitar también a la señorita Carmen a probar una vida con él, intentarlo, pero no existía la posibilidad de irse, no, su país eran ellos y el mar, ese mar al que casi no entraría durante aquellos meses que siguieron a su coronación pero lo entendía, a veces lo iba a extrañar, es cierto, y miraría con envidia cómo esos jóvenes y no tan jóvenes hombre-rana, que conocería en distintas caletas de Chile, se sumergían en el mar mientras él, en la orilla, recibía el cariño de la gente.

Esos largos viajes, sin embargo, se enteraría después, lo eximieron de enfrentarse a aquello de lo que no hablaban el viejo Riquelme ni los demás. Don Mario había hecho lo imposible por mantener algo parecido a la normalidad en la caleta, pero no fue suficiente. En un momento, de hecho, tuvieron que recurrir al Luchito para conseguir lo que empezaba a faltar, lo básico, pero su ayuda tampoco fue mucha, tenía sus propios problemas: la pesquera pasaría a ser dirigida por sus trabajadores, pero los dueños no claudicaban y hacían todas las triquiñuelas posibles para retrasar ese cambio de mando; por más que las leyes los obligaran, estaban decididos a dar la pelea, y Luchito, en ese tira y afloja, intentaba convencer a sus compañeros de que había que tomarse la pesquera, que no podían dudar, mientras el Chino Loo se preocupaba de coordinar a los líderes de las otras caletas. Por eso no les había faltado nada cuando comenzaron las primeras señales de desabastecimiento. El Chino Loo consiguió organizar a las caletas y crear un plan de apoyo. Pero nada de eso le tocó al Chungungo, que vivió esos meses perdido entre los entrenamientos, el mundial y los viajes. En todo caso, le bastó un par de días en Santa María para entender lo que estaba pasando. Las ventas en Iquique habían disminuido considerablemente. A veces, de hecho, no podían llegar al mercado por las barricadas y los cortes de calles; tenían que resistir, le dijo el viejo Riquelme y también don Mario y la señorita Carmen, quien ya casi no visitaba la caleta. Se suspendieron los proyectos de instalación de agua potable y alcantarillado, y quedó muy lejos la posibilidad de

que salía en las mañanas a altamar, pues sólo debían cazar lo necesario para subsistir en Santa María: el mar nunca dejó de ser generoso con ellos.

Uno de esos días, cuando la señorita Carmen pudo visitar la caleta, se tuvo que quedar a dormir ahí, en la nueva casa de los Riquelme. Y le sirvieron un caldillo de congrio que quizá fue el mejor caldillo de congrio que se comió en su vida, o eso fue lo que le dijo a la mamá de Riquelme cuando se sentó junto a su lado a devorarse esa belleza: humeaba el plato y los sabores parecían desbordarse. Era una comida que la celebraba a ella pero también al Chungungo, pues por fin se podían reunir todos en la mesa. Incluso llegó a creer, el Chungungo, que quizá hasta se aparecía el Luchito de sorpresa. La última vez que lo vio fue aquella noche en el Teatro Délfico cuando se metió al camarín y lo abrazó fuerte, muy fuerte, llevaba toda la tarde tomando con los amigos, nervioso porque no sabía si el Chungungo ganaría, nervioso, ansioso, se tomó hasta la molestia y partió hacia el Délfico a ver a su sobrino arriba del escenario, con esas dos medallas que él no quería soltar, las miraba embobado y el Chungungo se reía, mientras el Luchito lloraba y el mundo alrededor no dejaba de celebrar.

Después de zamparse el caldillo de congrio, el viejo Riquelme sacó una garrafa que había guardado durante meses y se quedaron toda la noche tomando. La señorita Carmen los acompañó con un par de copas y ya después se fue a dormir. A la mañana siguiente, antes de regresar a Iquique, el Chungungo le lanzó una idea a la que le venía dando vueltas hacía un buen rato: se suponía que pronto le iban a entregar una casa en Iquique, eso le habían prometido unos parlamentarios y también los dirigentes, y quizá sería buena idea instalarse ahí y vivir juntos, le dijo temblando, la voz, las manos, temblaba el Chungungo entero, instalarse ahí para luego poder llevarse a los suyos, para buscar una mejor vida en Iquique, seguro que el Luchito los podría ayudar, encontrarles trabajo en la pesquera, algo mejor, insistió él, temblando, aún, la voz, las manos, y ella se quedó en silencio, quizá sin saber qué responder, un silencio que parecía alargarse más de lo razonable y que obligó al Chungungo a decir algo más, cualquier cosa, pero no quiso desviarse, quiso insistir de otra manera, y se lo dijo así: que por favor lo pensara, que no era necesario decir nada más ahí mismo, que lo pensara y que ojalá no pasara tanto tiempo antes de que volviera a visitarlos, por favor, le dijo, y le tomó las manos, para ver si de esa forma podían dejar de temblarle, pero fue peor. Ella sólo atinó a abrazarlo y le prometió que regresaría pronto.

Él se quedó ahí, entre sus brazos, pensando que

El Chungungo no iba a alcanzar a estar mucho en Santa María. Ese fin de año lo pasó casi todo en Santiago, pues era el tiempo de los reconocimientos y de las condecoraciones. Había sido el mejor deportista chileno de 1971, el mejor de los mejores, el mejor de todos. Y lo fueron anunciando distintas publicaciones hasta llegar a diciembre, cuando el Círculo de Periodistas Deportivos de Chile le entregó el galardón máximo de ese año, el Cóndor de Oro, en una ceremonia que se celebró en el Estadio Nacional, ante miles de personas que fueron a aplaudir a rabiar a los mejores deportistas chilenos de ese año, pero sobre todo al Chungungo Martínez, que fue vestido con el mismo terno impecable con el que visitó La Moneda a pocos días de coronarse campeón, un traje beige que hacía relucir su pelo negro, algo frondoso a esa altura del año, brillante, sonriendo, así quedaría inmortalizado en las fotografías, un Chungungo Martínez luminoso, rebosante, desbordado, era eso, la alegría ya no cabía más en aquella sonrisa, en esos ojos brillantes aquel día que probablemente nunca iba a olvidar, esa noche en el Estadio Nacional, con el Cóndor de Oro en sus manos, siendo ovacionado por más de diez mil personas en el estadio y también por los otros deportistas que lo acompañaban arriba del escenario, incluido sus compañeros de equipo, que también fueron reconocidos.

Quizá debiéramos hablar de cómo vivió todo este proceso José Ángel, que parecía destinado a la gloria, a ser el número uno, el campeón del mundo en la categoría individual, el mejor de Chile, el que nos llevaría a lo más alto, pero que finalmente, por cosas circunstanciales, terminó cediendo ese lugar a su compañero, a ese desconocido que un día llegó a Santa María a cambiarlo todo.

Quizá debiéramos hablar de José Ángel, de la sonrisa triste que se puede ver en las fotografías de aquellos años, de esa mirada algo incómoda, el rostro desencajado, la felicidad que no termina por esconder realmente una suerte de decepción, de resigna-

minaría por robarse la atención de todos ese fin de año porque arriba del escenario, junto a ellos, iba a subirse una leyenda, un mito viviente, un hombre que nos había dado tantas pero tantas alegrías y que recibiría no sólo un reconocimiento por su exitosa trayectoria, sino sobre todo una ovación del público, el cariño expresado en esos gritos y aplausos que duraron minutos, largos minutos, mientras él levantaba los brazos, las palmas abiertas, y la cabeza levemente gacha, agradeciendo a todo un pueblo que aún lo recordaba con devoción: Arturo Godoy, Arturito, el Guapo de Caleta Buena, el que parecía estar hecho de piedra, el imbatible, el que todos admirábamos con devoción y que en ese momento, cuando ya comenzaba a terminar la ceremonia de premiación, se encontraba ahí, arriba del escenario, junto al Chungungo Martínez, junto a nuestro amigo, arriba, los dos, siendo aplaudidos y celebrados por todos. Arturo Godoy, alto, corpulento aún, y el Chungungo a su lado, con su pelo frondoso, evidentemente emocionado por estar junto a uno de sus ídolos, claro, no era el Toni Loayza pero era Arturo Godoy, uno de los mayores responsables de que Iquique fuera conocida como tierra de campeones, ahí, juntos, los dos, siendo retratados por los fotógrafos, los dos iquiqueños, hijos adoptivos de una tierra a la que le dieron todo, juntos, bien terneados ambos, felices.

Dicen que al bajar del escenario, Arturo Godoy le dio un fuerte abrazo al Chungungo y que le estuvo contando de sus días en Caleta Buena, de cómo él también practicó la caza submarina, cómo salía temprano junto a los suyos a cazar por las costas iquiqueñas y del momento en que entendió que nunca podría practicar ese deporte, pues sus pulmones no daban lo suficiente como para resistir tanto tiempo bajo el agua, dijo eso, aunque luego le confesaría que en realidad no tenía que ver con un tema de capacidad, que estaba claro que aquello de la respiración podía entrenarse, pero lo que no podía entrenarse —y que era su verdadero problema— era el tema de la cabeza, le dijo, la cabeza, seguro que tienes una cabeza muy limpia, muy sana, le dijo Arturo Godoy y el Chungungo probablemente no entendió a qué se refería con eso de la cabeza, pero asintió, qué más iba a hacer, se lo estaba diciendo Godoy, el mejor de todos, el único que estaba realmente a la altura del Tani Loayza, no había forma de rebatirlo, no, seguro que era un tema de cabeza, sí, la cabeza, insistió Godoy, allá abajo lo único que importa es la cabeza y yo no podía con eso, nunca pude, eso de la soledad allá abajo, de mantener la calma, no, cabro, yo necesitaba adrenalina, descargar la adrenalina, le dijo y le palmoteó la espalda, un golpe fuerte, con esa mano que parecía una roca, un palmoteo en la espalda que

esperó a la salida y le propuso que se fueran a comer algo, a tomar algo, que había que celebrar, que no todos los días uno se encontraba a un iquiqueño en la capital, y el Chungungo al comienzo se complicó, pues pensó que los dirigentes y sus compañeros debían andar por ahí, esperándolo para ir a celebrar, pero a los pocos minutos se dio cuenta de que nadie lo esperaba, que al parecer se habían ido sin él, por lo que no alcanzó ni a preguntarse mucho qué significaba eso cuando Arturo Godoy le insistió en que se fueran juntos y aceptó la invitación, así que partieron rumbo a una parrillada en el centro de Santiago. No hay claridad si fue en Los Buenos Muchachos, pero todo indica que sí, que tomaron un taxi los dos y partieron al restaurante y compartieron una parrillada grande y se tomaron unos vinos, varios vinos en realidad, que terminarían por volver difusa esa última parte de aquella larga noche. Unas carnes y unos vinos, unas carnes jugosas, una ensalada de papas mayo y un buen acompañamiento de arroz, ese arroz blanco, graneado, que todo iquiqueño siempre necesitaba, y esas carnes jugosas, a punto, las pidió Arturo, y los mozos que estaban vueltos locos porque los reconocieron a ambos, los mozos fueron los que pusieron la primera botella de vino en la mesa, cortesía de la casa, dijeron, porque no todos los días podían atender a dos campeones, a dos héroes, a dos leyendas, les dijeron los mozos, y en realidad todo terminaría siendo cortesía de la casa y del resto de los comensales, quienes enviaban botellas y botellas de vino para más tarde acercarse y pedirles autógrafos y conseguir que alguien les tomara una foto junto a ellos, una foto que quizá dónde estará, quién la tendrá, pero que seguramente los muestra, a Arturo

Godoy y al Chungungo, ya bastante pasados, bien guasqueados a esa altura de la noche, cuando las botellas ya no cabían en la mesa y ninguno de los dos en realidad era capaz de mantenerse en pie, imposible, mientras los otros comensales se entregaban al jolgorio en la pista de baile, junto a una pequeña banda que dirigía la fiesta, con algunas cumbias y a veces un poquito de rock & roll, muchos covers de la Nueva Ola, que los hacían mover el esqueleto, pero ellos no, ellos no podían pararse de sus asientos y tampoco querían, porque Arturo Godoy estaba sumido en sus recuerdos de infancia, en esos años de Caleta Buena, y el Chungungo trataba de sacarlo de ahí, de llevarlo a otros lugares, a esas peleas míticas de las que había tenido noticia por las revistas que le regalaba Luchito o por las historias que le contaba su padre, el Chungungo se entusiasmaba contándole a Arturo Godoy cada una de sus peleas, casi como si él no las hubiera protagonizado, esas peleas que incluso se había llegado a memorizar, cada uno de los golpes,

ese momento, que insistía en lo de Caleta Buena y en volver al fondo del mar.

A veces sueño que estoy abajo del mar, le dijo Godoy, sueño que estoy ahí, solo, que puedo aguantar la respiración un tiempo infinito y que me pierdo en el fondo, siguiendo algo, quizá un congrio, un congrio que se mete en un roquerío y yo bajo y lo pierdo, lo pierdo y después me pierdo yo, cabro, me pierdo yo, Chungunguito, me pierdo ahí abajo y no sé cómo pero aguanto la respiración y eso es lo que me desespera, no me falta el aire, no, me sobra, allá abajo me sobra, imagínate Chungunguito, me sobra el aire pero no puedo salir, nado, nado fuerte, trato de subir a la superficie pero no avanzo, no puedo, es inútil, yo sé que me entiendes, cabro, yo sé, estoy ahí abajo y no me puedo mover y no hay nadie, y cuando despierto, lo primero que hago es toser fuerte, muy fuerte, porque siento que tengo algo en la garganta, ¿no te ha pasado, Chungungo? Despertarte y sentir algo en la garganta, algo que te molesta, que te atraviesa, lo he soñado muchas veces, cabro, muchas veces, seguro que tú también, perderte alla abajo y no volver, nunca, allá abajo solo y no poder volver

La voz pastosa, la lengua pastosa, y el Chungungo asintiendo con la cabeza, no le salen las palabras en realidad pero cree haber vivido alguna vez eso, allá abajo, sentir que ahí no estaba la salida, que ahí no estaba la vida.

A eso de las cinco de la madrugada, los mozos se acercaron y les dijeron que ya tenían que cerrar, que lamentaban tener que darles esa noticia, pero que ya no quedaba nadie.

¿Cómo? ¿Nos están echando? ¿Nos están echando a nosotros?, preguntó Godoy, con la cabeza gacha, los ojos cerrados y el mentón pegado al pecho, ¿nos están echando a nosotros, al gran Chungungo Martínez y a Arturo Godoy?

No, maestro, le dijo el mozo, jamás los echaríamos, pero...

¿Nos están echando a nosotros? Chungungo, ¿escuchaste? ¿Escuchaste lo que dijo este machucao?

Maestro, nosotros no queremos faltarles el respeto...

¿Querís que te saque la chucha, conchetumadre?

Maestro, no se ponga así, nosotros estamos haciendo nuestro trabajo...

¿Escuchaste, Chungungo? ¿Escuchaste? ¿Me dijo maestro?

Pero el Chungungo no escuchaba nada, dormía, con la cabeza colgándole, manteniendo un hermoso equilibrio precario que sólo iba a romperse cuando escuchó el golpe de la primera botella en el piso. O eso creyó: que la botella se había caído al piso, cuando en realidad había estallado en la cabeza del mozo.

Luego la tiró al piso, empuñó las manos y se puso en guardia.

El Chungungo no lo podía creer.

Los mozos empezaron a llegar a la mesa, y mientras algunos trataban de ayudar al compañero caído

—una herida en la cabeza que no dejaba de sangrar—, el resto se puso en guardia para comenzar la pelea. Eran diez contra uno, o contra dos, si es que el Chungungo se lograba mantener de pie, al lado de Arturo, del más grande, que parecía haber vuelto desde el infierno mismo, preparado para todo.

¡Vengan de a uno!, fue lo último que alcanzó a gritar, antes de que los mozos se abalanzaran sobre él.

Después de esa noche —que terminó con los dos arriba de un taxi al que no querían subirse, borrachísimos, todo machucados—, nunca volvieron a verse. Arturo Godoy moriría años después en el hospital de Iquique, y quién sabe cómo se enteraría el Chungungo de esa noticia, cómo lo golpearía. Porque lo cierto es que, en ese tiempo, pudimos seguir con bastante regularidad su vida, pues se hizo un habitual de las páginas deportivas hasta al menos inicios de 1973, cuando nos enteramos de todo su proceso para el siguiente mundial de caza submarina, que se realizó en

dudas al respecto, las notas desbordaban optimismo y confianza; se repetían los nombres de los seleccionados, por lo que no había margen de error, toda la responsabilidad caía en los hombros —o en los pulmones, para ser más precisos— del Chungungo

Martínez y de José Ángel y de Castro, el nuevo iquiqueño, quien se trasladó, de hecho, a vivir a la ciudad, en una casa que le consiguió el Choro Soria. A esa altura, eso sí, hay que decirlo, de la casa que le habían ofrecido al Chungungo, aún nadie tenía noticias. Pero iba a ser lo de menos, en realidad.

De todo eso nos enteraríamos años más tarde, cuando descubriéramos que aquel tiempo de preparación para el nuevo mundial fue, realmente, un tiempo de mierda para el Chungungo, un pequeño infierno que comenzó con una serie de desencuentros y malentendidos, de llamadas no atendidas, de invitaciones canceladas, de promesas incumplidas por supuesto, de pagos que nunca se realizaron y de silencios incómodos, extendidos, por parte de los dirigentes, primero, y luego los entrenadores, para llegar finalmente a sus compañeros —esos silencios y las distancias y el cuchicheo y las cccpochan y más cuchicheos y murmullos y rumores: que se le habían ido los humos a la cabeza, que se creía el hoyo del queque, que en realidad lo suyo había sido un golpe de suerte, que imposible que lo repitiera en España, que todo había sido porque conocía las aguas de Iquique y nada más.

Al principio, el Chungungo Martínez trató de hacerse el loco, de no calentarse la cabeza. Tenía suficiente con Santa María y sus problemas: don Mario y el viejo Riquelme llevaban un buen tiempo viajando constantemente a Iquique, coordinándose con los líderes de las otras caletas, haciendo fuerza para resistir. Los camioneros habían paralizado todo, y las calles le pertenecían a quien decidía tomárselas. En todo ese tiempo, la señorita Carmen no volvió a Santa María y el Chungungo entendió eso como una respuesta contundente.

Sí, fue un tiempo de mierda.

El Chungungo se aferró al mundial y a los entrenamientos, y comenzó a repetir las rutinas que había hecho hacía casi dos años, pero esta vez por su propia cuenta. Se sentía bien físicamente. Si bien el sangrado de los oídos no se había repetido, era algo que siempre lo mantenía alerta. Pero de la cabeza, dentro de todo, estaba bien. Sabía que las aguas del Mediterráneo eran muy distintas a las del Pacífico, tenía claridad que no sólo cambiaba el paisaje, el tipo de peces, sino también las corrientes y lo imprevisto, siempre. Había que prepararse sobre todo mentalmente para que lo inesperado no irrumpiera de forma caótica, lo importante era estar siempre en

escrita con algunas palabras desconocidas, nunca dejaría de ser su historia.

No encontró ninguna forma de enterarse más en detalle de cómo eran las aguas de Cadaqués, pero conversando con doña Berta, una mañana en que pudo ir a visitarla, descubrió que ella tenía algunos libros en los que se hablaba, sobre todo, de la flora y fauna de Europa. Algo logró sacar de ahí, aunque no fue suficiente.

Debió haber intuido que algo andaba mal cuando la federación no les consiguió un alojamiento cerca de Cadaqués —para instalarse ahí el tiempo necesario y así adaptarse y conocer el paisaje y las aguas y todos los detalles—, sino que los enviaron a un pueblo llamado Comarruga, que quedaba a más de tres horas en auto y cuyas aguas ni siquiera se asemejaban mucho a las de Cadaqués, ni las aguas ni las corrientes ni el paisaje marino.

Chungungo debió haber intuido que ese viaje mal organizado sería el primero de muchos errores que terminarían por tentar con demasiada facilidad al fracaso. Las señales estaban ahí, a la vuelta de la esquina, y él, un el bando, lo salía, pero decidió no bajar los brazos.

Ya el viaje en avión hacia Madrid fue un desastre: hicieron escala en São Paulo y perdieron el vuelo de conexión; tuvieron que dormir en el suelo del aeropuerto hasta que consiguieron subirse a otro avión, dos días más tarde, además de tener que resolver una serie de líos con los pasaportes y los permisos y los equipajes que, por supuesto, terminaron llegando a España mucho después que ellos. De todas formas, el Chungungo trató de disfrutar el vuelo y se fue pegado a la ventanilla, intentando ver el Atlántico.

Tuvo, sin embargo, la mala suerte de que lo cruzaran cuando ya era de noche. Abajo no se veía nada, sólo una mancha negra y eterna. Aunque mirar eso fue suficiente para recordar, de pronto, al Teignmouth Electron, ese velero que se había perdido en el Atlántico hacía unos años y de cuyo navegante nunca más tuvo noticias.

De todas formas, tampoco se acercó mucho a la ventanilla, pues lo que sí iba a descubrir en ese trayecto serían las turbulencias. Al comienzo, el leve movimiento del avión lo distrajo, como cuando iba en la furgoneta del Luchito rumbo a Iquique, un leve temblor que luego fue haciéndose más intenso hasta que las turbulencias ya pasaron a moverlo todo, como un temblor que no terminaba nunca y que le producía un vacío en el estómago, como si cayera desde una gran altura, todo el tiempo, en cada movimiento, el vacío entre el estómago y el pecho, la palabra vértigo convertida en realidad. Sólo lo distrajo la voz del capitán pidiendo que por favor se abrocharan los cinturones. Lo hizo con la espe-

ranza de que esa pequeña acción pudiera detener las turbulencias, quizá porque antes tuvo la mala idea de mirar por la ventanilla y ver cómo el ala izquierda temblaba con fuerza, sin poner mayor resistencia: un pedazo de fierro en medio del aire, eso era: frágil, inestable. Probablemente el Chungungo pensó lo que muchos pensamos en un momento así: ¿cómo es posible que una máquina tan pesada pueda sostenerse en el aire?

Las turbulencias duraron como una media hora, tiempo suficiente para que el Chungungo repasara con bastantes detalles su vida o los momentos realmente valiosos de su vida. Y la muerte; por supuesto que pensó en la muerte.

Debe haber estado sumido en una serie de imágenes oscuras cuando el movimiento cesó y escuchó la voz del capitán, quien autorizaba a que se desabrocharan los cinturones.

El resto del viaje fue tranquilo. La mayoría de los pasajeros se quedaron dormidos, pero él no pudo. Aprovecho de gastar el tiempo hojeando las últimas *Selecciones del Reader's Digest* que le regaló la señora Berta cuando lo fue a despedir al aeropuerto junto a casi todos los habitantes de la caleta. Ella le entregó un par de ejemplares y él se quedó pegado en un reportaje titulado «Berlín: historia de dos ciudades». En realidad, lo que llamó su atención fue un pasaje en el que se hablaba de una suerte de montículo de más de cien metros de alto que habían formado en un parque, después de la guerra, con los escombros de la ciudad. Intentó imaginar cómo podía ser ese montículo. Intentó imaginar cómo se veía una ciudad destruida por los bombardeos. Recordó, de hecho, que alguna vez Violeta le contó una historia sobre las ciudades bombardeadas en la Segunda Guerra Mundial. Imposible diferenciar si eran ciudades alemanas, inglesas o italianas o quizás algún rincón de la Unión Soviética, imposible detenerse en ese detalle, pero sí recordaba que era la historia de un reportero, seguramente un gringo o un sueco, que había recorrido distintas ciudades, casi todas convertidas en ruinas.

Un periodista registrando esas imágenes, aquel viaje en medio de los escombros: puentes hundidos en el río, iglesias destruidas, muros solitarios con ventanas vacías o las vigas de madera de un conjunto de casas devastadas por las bombas; lugares completamente deshabitados, donde sólo se podía encontrar algún registro de vida en la noche, cuando se encendía la luz de algún sótano.

El Chungungo se acordó de eso, de esas luces en medio de los escombros. Imaginó Berlín como una ciudad llena de sótanos iluminados. Pensó si las casas españolas también tendrían sótanos. Recién ahí se dio cuenta de que nunca había estado en uno

Llegaron a Madrid ▪ ▪ ▪   ¹   ᶜ   ¹ ¹

cesitaban adaptarse lo más rápido posible.

Llegaron en la tarde y se metieron de inmediato al agua.

Lo que más le llamó la atención al Chungungo fue que había que recorrer un tramo larguísimo para llegar a la orilla del mar. Creía recordar que alguna vez Violeta le mostró una foto de una playa similar en Inglaterra. Ya en ese entonces le había parecido una locura tener que recorrer tantos metros de arena para llegar al mar: era absurdo, no daban ganas de meterse al agua así, quemándose los pies, no, no, pensaba en ese momento y lo volvió a pensar mientras avanzaba por la arena rumbo a la orilla, justo esos minutos antes de sumergirse por primera vez en el Mediterráneo.

Le impresionó, por supuesto, la temperatura del agua. No alcanzaba a ser cálida pero no había punto de comparación con el Pacífico, que te recibía siempre con un pequeño golpe de electricidad. Aquí era otra cosa, una invitación a quedarte un buen rato, quizá toda la vida. Le extrañó, por eso mismo, que no hubiera nadie mas bañándose. Estaban solos, ahí, todos los del equipo chileno, a cientos de kilómetros del lugar donde se realizaría el mundial, y ya daba igual, qué iban a hacer, sólo podían nadar y eso hicieron: nadaron por horas en la Costa Dorada, sumergiéndose, avistando algunos peces, sorprendidos por la claridad de las aguas, por la tranquilidad también. Si Cadaqués era así, la idea de un bicampeonato mundial no era descabellada. Chungungo se sintió como en casa, o mejor aún. Parecía el lugar perfecto para descender y explorar el paisaje, tratar de comprender esa nueva geografía, aprender la idiosincrasia de ese mundo sumergido.

Pasaron ahí dos o tres semanas antes de partir a Cadaqués. Se habituaron a la temperatura, descubrieron ciertas mañas de los peces, imaginaron que el mar no podía cambiar tanto en sólo unos cuantos kilómetros. Se confiaron: los entrenadores, el equipo y también el Chungungo, que sólo los primeros días sintió que había algo raro en el ambiente. No sabía si atribuirlo a la evidente distancia que tomaron sus compañeros desde que recibió todos esos premios y reconocimientos —y ese discurso que comenzó a circular cada vez con más fuerza, eso de que habían salido campeones sólo gracias a él—, o simplemente era un problema de comunicación con Soto Smith que ya llevaba meses. Podía ser eso como también simple paranoia. Pero lo dejó pasar y trató de concentrarse, de no perder la brújula. Se entregó al viaje, a la competencia, al paisaje, que no dejaba de resultarle tan hermoso como extraño: esa mezcla curiosa entre bosques y mar, esas largas explanadas de arena a las que terminó acostumbrándose, y la ausencia del desierto,

guió dormirse, por lo que salió a dar una vuelta por el pueblo, en medio de la oscuridad. El equipo chileno estaba alojando en una especie de camping, donde había mucha gente durmiendo en carpas pero también algunos privilegiados, como ellos, que alojaban en un par de cabañas que no estaban nada mal, según el Chungungo. Fue en uno de esos desvelos que se cruzó con el guardia del camping, un argentino que llevaba viviendo ahí más de veinte años y que había perdido casi por completo el acento porteño, aunque aquello parezca increíble. Era un español más, o eso pensó el Chungungo cuando se lo cruzó en su caminata nocturna y tuvo que explicarle qué hacía ahí, a esa hora de la noche, ya casi de madrugada. El guardia lo escuchó atento y luego le dijo que él sabía quién era, un campeón, le dijo, un chileno campeón, aunque eso suene como un oxímoron.

El Chungungo lo quedó mirando.

Por supuesto que nunca había oído esa palabra, pero la masticó un rato en su cabeza, tal como lo hacía cuando Violeta mencionaba algún término desconocido y luego, al ver su cara, le explicaba el significado. Así había aprendido lo que era una luciérnaga y un espejo convexo, y también qué quería decir la palabra oblicuo.

Esta vez, sin embargo, no hubo explicación ni tiempo para pedirla, pues el guardia argentino que hablaba como español se largó a contarle una historia de la cual el Chungungo no recordaría nada o casi nada —le dio sueño, de hecho, aunque sí retuvo una imagen que le produjo curiosidad. El argentino que hablaba como español le dijo que había escuchado sobre sus proezas en el mar y que le recordaban a sus años en Argentina, cuando era un chaval

—dijo y dirigió su mano izquierda a la altura de su ombligo por si no le quedaba claro qué estaba queriendo decir—, un chaval hermoso que pasaba todos los veranos en el río, a unas pocas horas de su casa, un río que parecía mar y donde él y sus amigos jugaban a quién aguantaba la respiración más tiempo bajo el agua, una competencia feroz, dijo, que sólo se acabó cuando vieron, bajo el agua, una mantarraya gigante, ¿sabéis lo que es eso?: una raya gigante, debe haber pesado cien kilos, nadando en las profundidades del río, junto a nosotros. ¡Es que te cagas en Dios! Cien kilos o más, una bicha gigante, dijo.

Un animal monstruoso que terminó por alejarlos completamente del río: ninguno de sus amigos volvió a nadar ahí.

Tiempo después, poco antes de que se fuera a vivir a Comarruga, el hermano mayor de unos de sus amigos atrapó una raya que pesaba más de ciento veinte kilos, más de ciento veinte kilos, dijo, y la tuvieron colgando, en el pueblo, bajo el sol, durante

en el que había crecido, se fue al carajo. Dijo eso: al carajo. Por culpa de esa raya cabrona, gritó el guardia argentino que hablaba como español y que a esa altura se veía algo emocionado recordando esa época, los amigos, los veranos, aquel río que parecía mar, aunque el mar nunca iba a parecerse a ese río gris, ancho, tranquilo.

Esa noche, el Chungungo volvió a la cabaña poco antes del amanecer y pudo dormir sólo un par de horas.

La última imagen que se quedó dando vueltas en su cabeza, antes de cerrar los ojos, fue la de esa mantarraya gigante, nadando en el fondo del río.

Y la iba a recordar unas semanas después, cuando ya esas noches insomnes en Comarruga quedaran atrás y la vida submarina volviera a tomarse todo en el mundial de Cadaqués, recordaría esa bicha muerta cuando estuviera sumergido en el Mediterráneo y se cruzara con un grupo numeroso de mantarrayas en el primer día del mundial, un grupo que parecía un escuadrón de aviones atravesando el cielo, mientras él intentaba dispararle a un mero que se resistía más de la cuenta.

No sería incorrecto aventurar que fue esa la última imagen importante que el Chungungo logró retener antes de irse por completo a negro, black out, perder la conciencia y terminar en un hospital de Barcelona, rodeado de un grupo de enfermeros que susurraban en catalán, sin que él entendiera una puta palabra. La última de una serie de imágenes que se habían ido acumulando ese primer día de competencia, cuando sabía que algo no andaba bien. Lo sabía, de hecho, porque una señal muy clara se lo había advertido unos días antes, cuando comenzó a entrenar en las aguas de Cadaqués y sintió un leve pinchazo en los oídos. Fue leve, es cierto, pero suficiente como para entender que había que estar alerta, y falló. Falló el Chungungo, que en esos pocos días de entrenamiento en Cadaqués pudo vislumbrar algunas de las singularidades del paisaje, vislumbrar la fuerza de las corrientes e investigar ciertas zonas marinas donde podría encontrar peces más grandes, sí, pero no consiguió, nunca, sentirse como en casa, tener el control casi absoluto del mar, pensar no sólo un plan sino varias alternativas.

Lo último que vio, imaginamos, fue ese escuadrón de mantarrayas avanzar por el fondo del Mediterráneo y luego el black out.

Se salvó de milagro, sin duda.

Lo rescató uno de los seleccionados de Cuba, que lo vio hundirse junto a su fusil que descendía más rápido que él: la cabeza gacha y el cuerpo inerte hundiéndose de a poco.

Los titulares de los diarios en Chile primero se

fotografía en la que se alcanzaba a ver al Chungungo tendido en una camilla, justo antes de ser subido a la ambulancia. Hablaron durante varios meses de la maldición de los segundos lugares y del retorno de los triunfos morales, el casi casi, el relato de las excusas y la eterna mala pata que teníamos nosotros, los chilenos.

En las crónicas de la época, no hay ningún registro de la actuación de Chile luego del accidente del Chungungo. No hay imágenes ni textos dedicados a la actuación de José Ángel ni de Castro, nada, ni una palabra sobre sus desempeños ni tampoco sobre la actuación de Rodríguez, el que reemplazó al Chungungo la segunda jornada y que tuvo una actuación para el olvido, según cuentan quienes estuvieron ahí.

Sí, la prensa se hizo un festín con el fracaso del Chungungo, y lo fueron a esperar al aeropuerto de Iquique para preguntarle qué había pasado, por qué se había ido a negro, por qué no fue capaz de darnos un inédito e histórico bicampeonato mundial.

Lo asediaron a preguntas, mientras él intentaba esquivarlos y el resto del equipo daba unas tibias declaraciones, muchas excusas, mucha resignación, demasiados silencios que apuntaban al Chungungo, no había dudas, el culpable de esta derrota era él y sólo él.

Al aeropuerto no los fue a recibir nadie más que los periodistas y algunos familiares. Del Choro Soria y el resto de los políticos y dirigentes, no hubo noticia.

Luchito abrazó fuerte al Chungungo y lo acompañó a la caleta junto a José Ángel, que no salía de su silencio. No se podría saber si estaba enojado o triste o enchuchado o todo junto, quizás era todo eso y algo más, pero lo cierto es que llegó a la caleta y no habló con nadie por un buen tiempo. El silencio del Chungungo, en cambio, era más bien otra cosa, la imposibilidad de encontrar las palabras justas que pudieran expresar eso que sintió allá abajo, antes de irse a negro. No había forma. Iba a intentar contárselo al Luchito ese día y luego al viejo Riquelme, pero con quien más lejos alcanzaría a llegar sería con la señorita Carmen, quien apareció un día de sorpresa, después de tanto tiempo ausente. El Chungungo no le pediría ninguna explicación, sólo se entregaría a sus preguntas. Sería ella quien lograría sacarle las palabras al Chungungo, forzar la memoria y volver a esa imagen del grupo de mantarrayas avanzando en el fondo del mar, como un escuadrón de aviones yendo directo a un objetivo, eso eran, eso vio el Chungungo poco antes de sentir un pinchazo en los oídos, eso le dijo a la señorita Carmen, que sintió un pinchazo en el oído derecho y luego un hormigueo en los brazos y piernas, la circulación de la sangre fluyendo más rápido, el hormigueo constante,

Chungungo en los brazos de ese joven cubano, que lo sujeta firme mientras lo empuja hacia la superficie, moviendo sus piernas, rápido, pues sabe que cuando un buzo se ha ido a negro, todo es cosa de minutos.

No era algo inédito que un cazador submarino se fuera a negro. El problema del oxígeno, la presión en la sangre y en la cabeza, la cabeza sobre todo, lo de no sucumbir ante las expectativas y las exigencias. En el Mundial de Iquique también un par de cazadores habían terminado en el hospital, descompensados, y en más de una competencia, incluso, alguno había muerto. Por eso el cubano nadaba con todas sus fuerzas hacia la luz. Y cuando logró sacarlo, cuando pudo respirar una larga bocanada de aire, vio los ojos del Chungungo y pensó que lo perdía, porque en esos ojos no había ninguna señal de vida, el cubano se lo iba a contar así a sus compañeros y a quien se lo preguntara, que cuando lo sacó del agua, cuando llegaron a la superficie, los ojos del Chungungo estaban completamente idos, inertes, vacíos.

Eran los ojos de un muerto.

Eso iba a repetir el cubano: que parecían los ojos de un muerto. Que ahí, dentro, no había nada. Nada. Y que sólo luego de darle respiración boca a boca como pudo, en medio del oleaje que no dejaba de mecerlos, consiguió traerlo de vuelta, los ojos, la mirada, esa única señal que le permitió entender que el Chungungo todavía estaba vivo.

Días después de que regresó a Chile, el viejo Riquelme le exigió que fuera al hospital a revisarse, que si no le aseguraban que todo estaba bien, nadie de la caleta lo dejaría volver al mar. Y fue un médico iquiqueño el que le explicó que cuando un buzo se iba a negro era por una reacción de sobrevivencia que activaba el cerebro, la manera que tenía de decirle al cuerpo que estaba en problemas y que debía salir de ahí. El cerebro se apagaba porque era la única manera que tenía de seguir con vida. Irse a negro por unos minutos, simplemente un paréntesis, para así evitar cualquier daño. Pero sólo unos minutos, porque después de ese breve tiempo, si es que no habían logrado sacarlo del agua, el cerebro volvía a activarse y entonces comenzaban los problemas.

Ahí comenzaba el daño.

Te salvaste de chiripa, le dijo el médico iquiqueño al Chungungo y le sugirió no volver a sumergirse por al menos un par de semanas. Le recetó unos medicamentos y le pidió que no hiciera ningún esfuerzo físico en ese tiempo. El Chungungo se refugió en Santa María, se aferró al viejo Riquelme, a los Avendaño y a los Cáceres, que lo cuidaron y atendieron, mientras el Villagra sacaba la cara junto a los hermanos Garrido, que seguían saliendo muy temprano a

a acompañarlo, pero ella le explicó que las cosas no estaban bien en Iquique. No quiso profundizar y él tampoco insistió. La historia de ellos se había convertido en una pieza oscura y ninguno de los dos se animaba a avanzar, a tientas, sin saber bien adónde ir.

El Chungungo obedeció las órdenes del médico y mantuvo un estricto reposo. No sabía aún si lo nominarían para competir en el Sudamericano de Río de Janeiro, que se realizaría al año siguiente, en los primeros meses de 1974. Ningún dirigente lo fue a ver a la caleta en ese tiempo, tampoco los entrenadores ni sus otros compañeros. Y José Ángel, nada. Ni siquiera una visita breve. Seguía en lo suyo. Él sí volvió al mar con los de la caleta y se fue preparando para el Sudamericano, pues estaba convencido de que sería el capitán del equipo.

El Chungungo estaba en eso, recién volviendo al mar, cuando una mañana de septiembre lo despertó el ruido de un par de motores: eran dos camiones de guerra del ejército; en cada uno, seis militares.

Se bajaron y dieron vuelta la caleta, buscando lo que fuera, cualquier señal que los vinculara con el gobierno del conchadeoumadre de Allende, dijeron

Nadie entendía nada, pero a las diez de la mañana de ese jueves 13 de septiembre, todos los habitantes de la caleta estaban formados en la orilla de la playa, arrodillados, mirando los cerros, siendo apuntados por cinco militares, mientras los otros seguían registrando casa por casa, convencidos de que podían tener escondido a algún terrorista o armamento, porque sabían de los pasos en que andaban estos viejos de mierda, juntándose con los de las otras caletas, dijeron, apuntando a don Mario y el viejo Riquelme, y también sabían que Allende había celebrado mucho a estos dos, e indicaron al Chungungo y José Ángel, que seguían arrodillados, con las manos en la nuca, mirando la arena.

Cuando ya no les quedó nada más que registrar y se convencieron de que no había nada ni nadie, los militares se llevaron detenidos a don Mario y al viejo Riquelme, junto a los Garrido y otros pescadores más antiguos de Santa María. También amagaron con llevarse al Chungungo y José Ángel, sin embargo desistieron. Les pegaron a ambos un culatazo en la espalda, les indicaron que nadie podía moverse de la caleta hasta que ellos lo ordenaran, porque las cosas habían cambiado, y los dejaron ahí, tirados en la arena.

Los Garrido regresaron una semana después. Don Mario y el viejo Riquelme nunca volvieron.

Estuvieron cerca de tres semanas sin poder moverse de Santa María. Resistieron con lo poco que tenían. Los Garrido terminaron haciéndose cargo de la caleta junto al Cojo Sánchez, uno de los que había llegado con don Mario una chorrera de años antes. Estaban seguros de que sería algo provisorio. Hacían lo que podían. Los militares les llevaron agua potable un par de veces pero nada más. Igual salieron a altamar. Chungungo no quiso quedarse en tierra y se sumó. No había perdido la costumbre de cazar, aunque se sumergía sólo unos minutos. El pinchazo en el oído derecho volvía de vez en cuando y no sabía cómo resolverlo esta vez.

Sólo pudo regresar a Iquique en diciembre de 1973, cuando lo mandaron a llamar desde la federación, un nuevo grupo de dirigentes que desde ese momento estaría a cargo de las competiciones de caza submarina en el país. El Chungungo no los había visto ni en pelea de perros, pero aceptó reunirse con ellos. Aunque en realidad no tuvo otra opción: llegaron unos militares a buscarlo a la caleta, poco antes de que amaneciera, y le dijeron que debía acompañarlos. No le explicaron por qué ni para qué. Le pidieron que se apurara y ya una hora después estaba en Iquique, en la oficina de los nuevos dirigentes. No tenía noticias de la federación desde que regresaron del mundial. Escuchó en algún momento que habían cambiado también a los entrenadores y que ya estaban contactando a los seleccionados para el Sudamericano de Río de Janeiro. En la nómina estaba José Ángel pero no él. Al inicio le había dolido enterarse de eso, aunque después lo olvidó o hizo como que lo olvidó, pues la vida le estaba pasando por encima a él y a los suyos. La mamá de Riquelme se enfermó de un día para otro y los Avendaño no dejaban de pensar en cómo salir de la caleta y buscar al viejo Riquelme. Les habían dicho que Iquique estaba rodeado de militares, que tenían absolutamente controlado cada uno de los caminos por donde se podía ingresar. Patricia dijo, en un momento, que

poco que estaban cazando. Le contaron que los milicos se tomaron todos los barrios donde vivían los pescadores que ellos conocían. Cuando escuchó eso, el Chungungo pensó en el Luchito y en doña Berta. Imaginó que la señorita Carmen podía estar más resguardada, sobre todo porque era extranjera. Pero ya habían pasado meses y no tenía noticia de ellos. Por eso no puso ninguna resistencia cuando llegaron los militares y se lo llevaron a Iquique. Pensó que iba a poder recorrer la ciudad, buscarlos, o al menos saber si estaban bien.

Sin embargo, la reunión con los dirigentes fue breve y ejecutiva. Le explicaron que no sabían en qué condiciones físicas se encontraba, pero que Castro, el nuevo iquiqueño, se había roto la muñeca izquierda y no estaban seguros de que alcanzara a recuperarse, así que tuvieron que llamarlo de emergencia.

Le dijeron que esta vez el capitán del equipo sería Torres, el tapado, quien había vuelto a la selección en gloria y majestad, y que tanto el Chungungo como José Ángel sólo lo secundarían. No le dieron más explicaciones. Iban a entrenar en el sector norte de la ciudad porque Los Verdes ya no estaba habilitado, que tendrían que moverse por Isla Serrano y por el sector del Soldado Desconocido, ahí donde comenzaba Iquique, en una punta rocosa, rodeada de basurales y más allá el norte: los acantilados cubiertos por guano, kilómetros y kilómetros de acantilados hacia la frontera con Perú, rocas altísimas que sólo desaparecían en Pisagua y más allá en la caleta Camarones, en la desembocadura del río, donde el Chungungo nunca había cazado, aunque el rumor decía que eran aguas generosas, con muchos bosques de huiro que permitían que los peces se escondieran y crecieran lo suficiente como para ser profundamente codiciados por los pescadores de la zona.

Las autoridades les habían permitido recorrer entonces aquel sector, la zona norte de la ciudad, y se prepararían ahí, aunque ese paisaje no tuviera nada que ver con lo que se encontrarían en Río de Janeiro. Pero ya les habían dicho los dirigentes y entrenadores: había que entrenar callao el loro nomás, y volver a enaltecer el nombre de Chile, porque no todo el mundo tenía el privilegio de representar a su patria como ellos, quienes habían defraudado a un pueblo entero pero que ahora tenían la posibilidad de redimirse. Confiaban en Torres, el tapado, y esperaban que tanto el Chungungo como José Ángel lo acompañaran de la mejor forma.

Una vez que terminó la reunión, los militares le dijeron al Chungungo que no lo podían llevar de vuelta a la caleta y que se las arreglara solo. Estaba a unas pocas cuadras de El Morro, así que decidió partir por ahí y buscar a doña Berta. Confiaba en que

ñorita Carmen, porque el Luchito siempre sabía todo.

Le asombró avanzar por El Morro y ver las calles vacías y un par de casas de madera, de un piso, con las ventanas rotas. La de doña Berta estaba intacta, por suerte.

Golpeó la puerta una, dos, tres veces.

Nadie le contestó.

Volvió a golpear, ahora con más fuerza, pero fue inútil.

La casa estaba vacía.

Las casas vecinas también parecían vacías.

Se podía escuchar desde ahí el ruido de unas gaviotas, o supuso que eran unas gaviotas.

Pensó que lo mejor era ir de inmediato donde el Luchito. Sabía que debía andar en alguna parte de El Colorado, preguntaría en ese bar de mala muerte donde siempre se juntaba con el Chino Loo y sus otros amigos.

Fue ahí donde le dijeron que no sabían dónde estaba el Luchito y que mejor volviera luego a Santa María, que la calle estaba llena de sapos, que en cualquier momento se lo llevaban, porque sabían que era sobrino del Luchito, que volviera rápido a la caleta.

¿Pero ustedes lo han visto? ¿Y a su amigo, el Chino Loo?

Negaron con la cabeza, al mismo tiempo, los dos que atendían el bar, y le insistieron en que mejor se fuera.

No sabía cómo regresar.

Siempre lo había llevado alguien en auto, en la furgoneta el Luchito o don Mario, o gente de la federación.

Se le ocurrió caminar.

Quizá en algún momento alguien lo reconocería y le prestaría ayuda.

Pasó la Plaza Prat y caminó hacia Cavancha. No recorría la península desde hacía meses. Había un sol fuertísimo pero la playa estaba completamente vacía. Frente a ella, el regimiento del Ejército —que siempre le había parecido al Chungungo un lugar muerto, donde casi no había movimiento— se había convertido en un centro de operaciones: entraban y salían personas, y afuera estaban estacionados un par de camiones y dos tanquetas. Apuró el paso y ya más adelante trató de hacer dedo, a ver si alguien lo podía acercar, pero fue inútil.

Tuvo que regresar caminando a la caleta. Horas y horas andando bajo el sol hasta que empezó a atardecer; que llegara la noche significaba que comenzaba el toque de queda, así que no se detuvo en ningún momento. Ni siquiera cuando pasó por Los Verdes y vio que el lugar parecía clausurado, o esa impresión le dio el hecho de que hubieran puesto

mento pensó en chusmear un poco, pero el miedo a que se hiciera de noche, en mitad del camino, se lo impidió.

Llegó a Santa María cuando ya se había escondido por completo el sol. El Villagra grande era el único que estaba levantado. Había hecho una fogata y se fumaba un cigarro, solo. Se sorprendió al ver al Chungungo. Le dio un abrazo largo, le dijo que estaban todos preocupados, que lo habían estado esperando, por eso la fogata, que él estaba haciendo guardia, que recién se habían ido todos a acostar.

El Villagra grande tomaba sorbos de una botella que podía tener pisco o aguardiente o quién sabe qué. Le ofreció al Chungungo pero el Chungungo lo único que quería era agua. Estaba muerto. Se tomó un vaso al seco y luego se tiró al lado de la fogata y le contó todo. Intentó explicarle lo que sintió cuando recorrió El Morro y vio esas casas con las ventanas rotas, el silencio y las calles vacías.

El Villagra grande le dijo que no podían seguir así, que tenían que ir a buscar a don Mario y al viejo Riquelme.

El Chungungo le aseguró que ahora que tendría que ir a entrenar a Iquique, volvería a intentarlo. Pero su voz sonaba algo cansada; incrédula, sobre todo. Tenía miedo, pero no quería transmitírselo ni al Villagra grande ni a nadie de la caleta. Se quedó ahí, tirado en la arena, mirando el cielo completamente despejado. La luna lograba iluminar todo con tanta intensidad que no era necesario nada más: se reflejaba en el mar y daba luz a toda la caleta. La luna y también las estrellas, inquietas, allá arriba, eso miraba el Chungungo, tendido en la arena, al lado de la fogata, mientras todo el mundo ya dormía o hacía como que dormía y el Villagra grande fumaba una última piteada de su cigarro.

La preparación para Río de Janeiro no tuvo la misma intensidad de los campeonatos anteriores, pero fue suficiente como para que todos —menos los entrenadores— se dieran cuenta de que no había ninguna chance de ganar nada si es que Torres, el tapado, era el capitán del equipo. Ninguna chance. Era evidente que tanto José Ángel como el Chungungo seguían siendo los mejores, y que la única forma de no dar la hora en el Sudamericano era que alguno de los dos comandara al equipo. Incluso después de aquellos intensos días de preparación, donde ninguno de los dos estuvo realmente a la altura, pues era evidente que tenían la cabeza en cualquier parte. Los concentraron por casi tres meses y les prohibieron cualquier contacto con sus familias y cercanos.

Los alojaron durante todo ese tiempo en el hotel de la Plaza Prat y la rutina que les armaron consistía en entrenar en la mañana, muy temprano, volver al hotel, descansar, y ya en la tarde volver a entrenar. Así, todos los días, durante casi tres meses.

El Chungungo no lo podía creer. José Ángel tampoco.

Sin embargo, cumplieron esas rutinas y si bien no estaban dando el cien por ciento de su rendimiento, de todas formas cualquiera de los dos iba a ser un mejor capitán que el famoso Torres, que por supuesto decepcionó a todos en el debut. Porque sí: dimos la cacha ese primer día de competencia, cuando terminamos últimos y muy lejos de cualquier idea de remontar. Sólo ahí, los nuevos entrenadores terminaron por desechar su idea y le entregaron la capitanía a José Ángel, quien sería escoltado por el Chungungo.

Sólo tendrían un día para revertir el resultado.

Y casi lo hicieron.

Como en sus mejores tiempos, José Ángel y el Chungungo tuvieron una actuación brutal. Quién sabe cómo, pero ahí estaban de nuevo. El Chungungo, de hecho, fue el competidor que cazó más piezas ese segundo día. Se volvió loco. Nadie lo podía creer.

que de todas formas no consiguió bajarle el ánimo al Chungungo, quien sintió que estaba respirando un aire nuevo apenas cruzó las fronteras. Era cierto que las calles de Río de Janeiro también estaban llenas de militares, pero al menos en esas primeras horas se sentía libre. De hecho, apenas se bajó del bus en Copacabana, fue corriendo al mar y se lanzó en esas aguas verdes, transparentes, que le parecieron incluso mejor que las del Mediterráneo, mucho mejor sin duda, una temperatura similar pero con más vida, eso sintió el Chungungo, que el Atlántico a esa altura se parecía al Pacífico pero era más cálido y más desafiante, pensó eso mientras nadaba en la playa de Copacabana y miraba, alucinado, los cerros verdes mientras el sol comenzaba a esconderse tras ellos. Eso lo desconcertó, que el sol no se escondiera en el mar sino en los cerros, y la luz, la luz del atardecer en Copacabana, la luz y el verde de esos cerros, llenos de pequeñas y precarias construcciones, las famosas favelas, les habían advertido que no se fueran a meter allá porque de ahí no salían con vida, pero con esa luz de la tarde parecían un lugar único, los verdes, no podía creer los distintos tonos de verde que se apreciaban a la distancia, mientras flotaba, de espalda, en el mar, que lo movía con fuerza y cariño, había algo que lo hacía sentir en casa y quizá por eso cuando se sumergió por primera vez y descubrió ese paisaje nuevo allá abajo, pensó en Violeta, no sabe por qué pero pensó mucho en ella, en que hubiera disfrutado tanto estar en ese lugar, ver esos peces, flotar de espaldas y contemplar los cerros verdes, mirar ese atardecer, no mucho más, sólo eso, la felicidad que hubiera sentido, pensó el Chungungo, la alegría de ver esconderse al sol en medio de esos cerros, cuánto lo hubiera disfrutado. Y seguro que fue toda esa familiaridad lo que le permitió al Chungungo despacharse una jornada memorable en ese segundo día del Sudamericano, porque no tenía nada que ver con la claridad del Mediterráneo, no, aquí había que estar más alerta que nunca y eso lo mantuvo despierto, atento, y quién sabe cómo pero no sintió ningún pinchazo en los oídos, y pudo moverse con agilidad por los roqueríos y cazar sobre todo unos meros y unos róbalos que pesaban varios kilos y que terminaron por coronarlo como la mejor actuación de ese día, aunque no fue suficiente para que la remontada fuera completamente épica, no, sólo alcanzó para subir un montón de puestos y quedar terceros, pero algo era algo, él y José Ángel, que también hizo lo suyo y que luego de subirse al escenario para recibir la medalla de bronce le dio un abrazo al Chungungo, un abrazo largo como no se lo habían dado hacía mucho tiempo, un abrazo que parecía una declaración de paz o una señal de re-

Los periodistas deportivos hablaban de eso, de la reconciliación, de un renacer, de dejar atrás el fracaso español y concentrarse en el futuro, el futuro de esos dos muchachos de caleta Santa María que, sin dudas, seguirían dándole alegrías al pueblo chileno.

Lo que venía era un nuevo mundial, pero el Chungungo no estaba seguro de que lo nominarían. Su actuación en Río de Janeiro había sido importante, pero sabía que los nuevos entrenadores iban a insistir con el famoso Torres y que la cercanía con José Ángel era algo pasajero.

De todas formas no bajaría los brazos. Ya regresar a la caleta y encontrarlos a todos más o menos sanos era motivo de alegría, aunque la mamá de Riquelme había empeorado. Los Garrido la llevaron, en esos meses, al hospital de Iquique y la tuvieron que dejar internada. Ningún médico lograba descifrar qué tenía, pero había perdido muchísimo peso y le costaba respirar.

Esa noche cuando regresaron desde Río de Janeiro, los Garrido le dijeron al Chungungo que había que hacerse la idea de que a la mamá de Riquelme no le quedaba mucho.

Era cosa de días. Pero le aseguraron que se podría ir a despedir. Y también le contaron que habían tenido noticias: de don Mario y del viejo Riquelme nada todavía, tampoco del Luchito, aunque corría el rumor de que estaba escondido con el Chino Loo y otros compañeros, pero de quien sí habían sabido era de la señorita Carmen. En el hospital le contaron a uno de los Garrido que había logrado regresar a Perú y que al parecer estaba bien.

El Chungungo sintió algo que lo apretaba en el pecho y también sintió que lo recorría un escalofrío, pero no supo qué decir.

Le hubiera gustado tener las palabras necesarias para describir con precisión la diferencia entre las distintas tonalidades de verde que se podían apreciar en los cerros de Río de Janeiro. No podía dejar de pensar en eso varios días después de su regreso a Santa María, mientras trabajaba en la caleta y miraba los cerros grises, altos, que seguían siendo una frontera imposible de atravesar, el límite del mundo siempre ahí, frente a los ojos del Chungungo, el final del desierto, la distancia infranqueable con el mar, ese mar que parecía indemne a aquella vida que no dejaba

seria un año de escasez, de las corrientes del norte que se llevaron a los cardúmenes muy lejos de la costa chilena, la escasez y las mareas desatadas, furiosas, destrozando embarcaciones e impidiendo que los buzos pudieran hacer su trabajo; incluso los mejores,

José Ángel, el Chungungo o Patricia, que ante la larga ausencia de estos dos por estar entrenando con la selección, había logrado convencer a todo el mundo de volver a salir a altamar.

Ni siquiera los mejores podían cazar como antes, por lo que tuvieron que salir cada vez más lejos de la caleta.

Primero exploraron hacia el sur, acercándose a Tocopilla, pasando por donde estuvo Caleta Negra, pero no les fue bien. Y luego decidieron probar suerte más al norte, acercándose poco a poco a Iquique: Cáñamo, Chanavayita, playa El Águila. Encontraron algunas presas generosas cerca de Los Verdes, pero ya luego de unas semanas volvieron a escasear, así que tuvieron que ir más al norte, aunque las dificultades eran las mismas que en Santa María. Y seguir explorando más allá podía ser un problema, y no querían meterse en problemas con las otras caletas que conocían menos, donde no veían con tan buenos ojos compartir territorio.

De todas formas, no podían quedarse de brazos cruzados. Los militares les habían permitido volver a vender en Iquique pero de manera restringida, por lo que se hacía urgente cumplir con esas ventas. El mar les seguía entregando alimento para ellos, pero no era suficiente para vivir.

Fue el Cojo Sánchez el que insistió en la idea de ir más hacia el norte, porque había escuchado que las mareas se llevaron hacia allá los cardúmenes, además de que la geografía en ese lugar les permitía a los peces —sobre todo de roca— una vida más tranquila y segura. Tenían que lanzarse, pero para hacerlo bien, les dijo el Cojo Sánchez, debía primero ir una comitiva de avanzada a hablar con los pescadores de la zona y ofrecerles un trato. Según el Cojo Sánchez, había suficientes peces para todos, además que a ellos no les salía a cuenta ir todos los días tan lejos de Santa María, por lo que la pesca en esos lugares se restringiría sólo a lo necesario, un par de días de la semana.

Tenían que probar suerte.

Y lo hicieron.

Esa noche en Santa María se acostaron temprano y decidieron partir rumbo al norte poco antes de que saliera el sol. En la embarcación iba el Cojo Sánchez, los Garrido, los Avendaño, José Ángel y el Chungungo. Les propondrían un porcentaje de las ventas a modo de comisión por dejarlos cazar en su territorio. El Cojo Sánchez conocía a algunos de los

acuerdo con los jefes de la caleta Camarones—, que se les ocurrió tirarse al mar porque se les acercaron al bote dos ballenas azules, de más de veinte metros, con el deseo de jugar. Se asomaron a la superficie, los rodearon, dieron las señales suficientes como para tentarlos a lanzarse al agua y ver a esos gigantes de cerca. Se sumergieron, primero, los Avendaño, y luego José Ángel. El Chungungo se resistió un poco, pero al ver que las ballenas no se alejaban, sino al contrario, se quedaban ahí, jugando con ellos, decidió también lanzarse.

Y es aquí, en este punto, donde la historia del Chungungo se quiebra en dos, es así, en este momento, cuando se lanza al agua, que este relato entra en un punto ciego, y nadie será capaz de explicar realmente cómo sucedió, nadie. Habrá unos pocos que escucharán de la propia voz del Chungungo su relato quebrado, lleno de vacíos y de saltos, pero donde lo único claro será que se lanzó a jugar con las ballenas y en un momento la corriente lo alejó del bote y de los animales y del grupo y lo arrastró hacia un lugar accidentado, donde los bosques de huiro no permitían observar con total claridad el fondo marino, pero lo que explican quienes dicen haber escuchado al Chungungo contar esta historia es que perdió de vista a las ballenas y la marea lo acercó a unos pequeños acantilados, unos acantilados que terminaban en esos bosques de huiro que hacían desaparecer el fondo, y que en esos acantilados vio el primer bulto, un bulto en posición vertical, uno primero y luego otro, a una distancia de sólo unos metros, ambos bultos colgando, verticales, en esos acantilados, dos bultos, dos sacos negros, rodeados de una soga gruesa, completamente rodeados por esa soga gruesa, cada uno, los dos, colgando de los acantilados, enganchados a esas rocas, y luego abajo, en medio del bosque, tres, cuatro, cinco bultos más, horizontales, iba a repetir eso, los acantilados, los bosques, los sacos negros, tres, cuatro, cinco, rodeados por esas sogas gruesas, escondidos entre esos bosques, tirados ahí, en el fondo del mar. Algunos dicen que apenas vio los sacos, el Chungungo nadó rápido hacia la superficie y se puso a gritar, descontrolado. Otros, en cambio, aseguran que no hubo gritos, sino que más bien se quedó mudo: se subió al bote y no fue capaz de decir nada. Y que sólo días después se atrevería a contar lo que vio ahí abajo, en otro de esos bares de mala muerte que había visitado junto al Luchito, uno que quedaba cerca de El Matadero, el barrio del Tani, las calles donde dio sus primeros golpes, ahí, luego de acompañar a los Garrido a entregar unos locos y unos piures, el Chungungo, dicen, pudo abrir la boca. Fue en ese lugar, junto a los Garrido y unos pocos comensales

to se largó a llorar y uno de los Garrido atinó a abrazarlo, a sostenerlo, y fue ahí, entre los sollozos, que intentó describir lo que había visto allá abajo, esos bultos, los bultos colgando, los bultos en ese acantilado, y los otros en el fondo del mar.

Es cierto que todos estaban lo suficientemente guasqueados como para haber oído realmente bien lo que contó el Chungungo, lo que dijo que vio bajo el mar, a sólo unas millas de la caleta Camarones, ya casi llegando a Pisagua, pero lo cierto es que ese balbuceo, esa historia contada entre sollozos, terminó por convertirse en un rumor que muy pronto llegó a los militares, y que les dio igual con cuántos detalles el Chungungo había contado lo que vio allá abajo, pues no se demoraron más de un par de días en aparecer en la caleta y llevárselo.

Y es en este punto de la historia cuando yo me quedo sin palabras para contar lo que sucedió después. Porque aquí se acaban las voces y las versiones y lo que alguien supo, escuchó o vio, y sólo nos queda aferrarnos a un último murmullo.

Aferrarnos a ese último rumor.

EL VALLE DE LOS METEORITOS

Un día, el río fue negro. Antes, claro, arrastraba un agua cristalina, o más o menos cristalina, sin duda inesperada.

Un río en medio del desierto, atravesando el pueblo más seco del mundo, a pocos metros de aquella estación de trenes que lo conectaba con los de afuera. Al pueblo, al río. Y a el, también, que se despierta ahí, en medio de la noche, con los ojos vendados. El frío recorre su cuerpo —los brazos, lo siente en sus brazos— y el ruido del viento lo invade todo. Remueve la arena, y el

to, transparente, aunque ahora completamente negro, perforado por esas luces que a veces, a cierta hora de la noche, pueden iluminar el desierto también: las estrellas, el movimiento de las estrellas, y un pedazo de luna, quizás.

Hay palabras que están muertas, pero quién sabe si es culpa de ellas o de nosotros. La palabra frontera, por ejemplo, ahí, en el borde del desierto: a lo lejos las montañas, tal vez un volcán, algún camino sinuoso, la imposibilidad real de decir dónde estás, si de este lado o del otro. Un despropósito. Una palabra muerta, ¿eso? Alguien lo iba a escribir: quizá habría que aplastar esa palabra como se aplasta una hormiga entre los dos pulgares. La palabra misterio, por ejemplo. La palabra misterio, que ya no explica nada. O la palabra desierto. Habría que reemplazar la palabra desierto por eso que alguien siente cuando piensa en este pueblo atravesado por un río negro, el pueblo más seco del mundo, el río más largo de esta tierra, negro, frágil, ya casi muerto.

El sonido de la locomotora y la luz blanca de esa noche que lo recibe, a él y a los que vinieron antes, pero de los que nadie nada nunca sabe. Podríamos hablar de un oasis. Quizá sería la palabra correcta para describir ese lugar, pero a quién le interesan las palabras correctas cuando él llega un poco antes de que empiece a amanecer. No hay forma de distinguir las cosas. La noche aún se resiste y él mantiene los ojos abiertos. Seguramente es un oasis, aunque a los pocos días la palabra vergel le resultará más apropiada.

Pero no va a decir nada.

El mundo le arrebató el habla.

El pueblo alguna vez tuvo cientos de hectáreas de alfalfa y maíz.

Ese puñado de casas, en medio del desierto, rodeadas de hectáreas de alfalfa y maíz. Y el río, el río que no era negro, desbordado de camarones. Ya no queda nada de eso. El río está seco. Es una cicatriz negra.

Sólo hay, en el borde, algunos algarrobos que se niegan a morir, y más allá unos cerros bajos que protegen al pueblo de quién sabe qué. La noche vuelve todo difuso, y ni siquiera la luz blanca del cielo ayuda un poco a ver su rostro, qué se esconde en esa piel, no hay forma. Pero él tantea el mundo entre esa oscuridad. Está esperando que amanezca para poder moverse y comprender bien dónde lo abandonaron.

A lo lejos se dibuja, algo borrosa, la silueta de los cerros que rodean el pueblo. Unos días más tarde descubrirá que están llenos de cuerpos; la naturaleza es así, sabe muy bien qué hacer con ellos sin necesidad de que los hombres y mujeres intervengan, aunque ya lo hicieron hace miles de años y así es la vida

Pero la noche los cubre.

Hace años, esos cerros fueron saqueados y lo seguirán siendo en el futuro: los cuerpos momificados, expuestos, vendidos, contrabandeados, los cuerpos y las joyas, miles de años enterrados ahí, en el desierto.

Alguna vez, el pueblo fue un oasis para esas caravanas que, insolentes, se aventuraban a atravesar aquella tierra seca.

Las personas deberían poder evaporarse cuando quisieran, escribiría muchos años después uno que no tendría la oportunidad de conocer el desierto, evaporarse y no dejar por ahí recuerdos pedazos carcasas.

Eso lo iba a pensar también él, pero con otras palabras, claro, aunque era casi lo mismo, esa idea de evaporarse y no dejar rastro. Lo pensaría y lo sentiría cuando el sol lo golpeara fuerte, en la cabeza, después de que amaneciera y lo enviaran a cavar en un terreno baldío: su primer trabajo.

Él no vino en ninguna caravana. Lo tiraron una noche, con los ojos vendados, en la plaza del pueblo Fue ahí cuando sintió el golpe.

Se sacó la venda, siguió con los ojos cerrados, avanzó por la oscuridad y vio la oscuridad que lo llevaba.

Le entregaron una pala y lo mandaron a cavar.

Ahora siente que lleva semanas en esto —cavando un hoyo que crece y crece—, pero sólo han transcurrido un par de horas desde que llegó, desde que pudo ver, al amanecer, cómo atravesaba al pueblo ese río negro, sus vestigios. A veces oiría el sonido de un tren a lo lejos, o de un avión rompiendo el cielo, la calma, poco antes del anochecer. Iba a ser lo único que conseguiría distraerlo.

Esa mañana no dejó de cavar, ni la siguiente, ni la siguiente. Le entregaban un plato de comida, una botella con agua. Unos metros más allá de esa tierra baldía se podían ver las marcas que delimitaban algo parecido a una cancha de fútbol. Sólo las marcas blancas en la tierra dibujando un rectángulo: sin arcos, sin las áreas delimitadas, sin la línea que corta por la mitad el campo de juego. En algún momento le indicarían que también debía cavar en ese terreno donde alguna vez quizás unos niños jugaron a la pelota. No es fácil imaginarlos ahí, corriendo en grupo, pateando un balón de cuero en medio de la nada. Pero él, de todas formas, para distraerse, lo intentaba. Seguro también que la mujer de los recados —la que todas las mañanas le entrega un papel escrito con las indicaciones sobre lo que debe hacer— los vio, una lejana tarde de invierno, patear esa pelota. Seguro que vio también el río, transparente, y las hectáreas de alfalfa y maíz, y la gente sacando camarones y comiéndolas baila la luna

que buscaban cobijo antes de seguir su viaje por el desierto. Ella y las otras mujeres, seguro, vieron todo eso, pero ninguna le dirigiría la palabra hasta que regresaron, una noche, quienes lo habían tirado en la plaza, con los ojos vendados, y les pidieron cuentas:

ellas entregaron lo que tenían, informaron sobre el trabajo, las excavaciones, y lo poco que habían logrado en esas semanas. A cambio, recibieron un poco de comida, algunos bidones con agua y más exigencias. A él le pidieron que cavara más rápido, con más fuerza. Lo despertaban más temprano, antes de que amaneciera, y lo enviaban a esa tierra baldía, cerca del cementerio. Debía aprovechar esas horas antes de que el sol hiciera imposible el trabajo.

Una noche descubrió que las mujeres dormían tan profundo que podía aventurarse a caminar por el pueblo, solo, sin que ellas se enteraran.

Se sentó un rato en la plaza, luego avanzó hacia el río, cruzó el puente de madera, miró esa grieta o lo que la luz blanca y leve del cielo le permitía ver, y caminó un poco más hasta llegar a los rieles. Lo que había más allá en cualquier dirección, era la oscuridad, lo improvoio, el lugar donde donde vinia él.

Podía lanzarse a la difícil empresa de volver a su lugar, donde los suyos, pero la noche no era eterna, lo sabía. Si el sol lo pillaba en medio del desierto, estaba liquidado. Mejor regresar. Regresar ahora a ese colchón, tirado en una casa abandonada, donde llevaba durmiendo semanas, quizás ya poco más de un mes.

El primer cuerpo que encontró fue en la cancha de fútbol.

Cierta expresión en la cara se mantenía firme, perenne. Era un cuerpo pequeño, seguramente un niño; sus ropas convertidas en jirones, unos cuantos mechones de pelo se mantenían en su cabeza, el calor, la sal y la tierra habían hecho un trabajo perfecto: detener el tiempo, capturar la muerte, darle un rostro a algo parecido a la eternidad.

Nadie se lo había advertido, sin embargo, por lo que la impresión fue de golpe: la piel seca, reseca, frágil, al punto de romperse con una facilidad impensada.

Detuvo su faena y caminó rápido al pueblo, pero no había nadie: ni la mujer de los recados ni las otras que había visto a lo lejos. Ya era cerca del mediodía, la peor hora. Volvió a la cancha y pensó en seguir cavando, pero no sabía qué hacer con el cuerpo. Buscó un poco de sombra bajo un algarrobo. Esperó que alguien fuera a dejarle comida, agua.

Ese día no apareció nadie.

Se refugio en la casa abandonada donde dormía. Cerró los ojos y cuando los abrió, ya la oscuridad lo cubría todo. Siguió sin oír ruidos, ninguna luz encendida en las otras casas. Se animó, entonces, a salir y caminar hacia el otro lado

No sabe cuánto tiempo demoró en subir esos cerros y descubrir lo que había más allá; el cielo agujereado iluminaba el camino; el desierto desplegado hacia el infinito, confundiéndose con la noche; la tentación de recorrerlo con el deseo de que algo, de pronto, quebrara todo: el tiempo, el espacio, sobre todo el espacio monótono, las rocas, el polvo, la sal, el universo contenido en esos materiales que lo sostenían a él, a los que vendrían y a los que ya no estaban. Enmudecer implicaba dar paso al olvido. Eso ya lo habían dicho tantos, pero nunca era suficiente: caminaba sobre un mundo muerto, no había otra forma de avanzar, aunque avanzar significara cualquier cosa.

Descendió de los cerros y pensó que ya no había vuelta atrás. Aunque unas horas después lo pillara el sol a medio camino, ya no tenía otra opción. Caminar, caminar todo lo que la poca energía que tenía se lo permitiera. Caminar hasta que ese cielo agujereado fuera desapareciendo, hasta que el desierto ya no fuera la noche.

Avanzó algunos metros, mirando en todo momento, de reojo, esos cerros que quedaban atrás.

Avanzó hasta llegar al borde del precipicio.

No podía entender lo que estaba ahí, frente a él: un agujero enorme en medio de la nada, un agujero de varios kilómetros de profundidad en medio de la nada, el desierto hundido por kilómetros, un agujero, una fosa, un accidente donde podrían caber todos.

No había nada que lo indicara, pero ya luego le dirían que ese lugar era conocido como el valle de los meteoritos, y que ese socavón infinito era eso: la huella de un meteorito enorme.

Al borde del precipicio, ahí estaba, y ahí se quedó un buen rato, sin entender a dónde iría, hasta que sintió la voz de la mujer de los recados. La voz de la mujer de los recados que le decía, susurrando, que ese lugar estaba bendito, que ese agujero enorme algún día les iba a salvar la vida.

Pero primero había que intentarlo, dijo.

Ya habría tiempo para salvarse.

Intentarlo.

Regresar e intentarlo.

Ella le dice su nombre y él cree oír que se llama Violeta. Ella le dice su nombre y le pide ayuda.

Subir el cerro, mirar el desierto que se confunde con la noche, dejar que el cielo agujereado los ilumine, volver, primero, volver, retroceder, disimular, seguir cavando, por días, semanas, meses, cavar, cavar por completo esa cancha de fútbol y dejar a un lado los cuerpos, acumularlos, quitarles lo que pudiera servir, alguna joya, un amuleto, lo que fuera. Seguir cavando hasta que un día ella y las otras y él y los

ellos. Resistir. Resistir los golpes y el sol y la sal y la sed y el futuro convertido en un espejismo.

Cruzar el desierto en mitad de la noche.

Mirar atrás y ver que el pueblo ya no está.

Mirar adelante y no ver nada.

Cerrar los ojos, dejar que la oscuridad los lleve; abrir los ojos y entregarse a esa oscuridad que los lleva.

Ese día él avanza en medio del desierto, en medio de la noche.

No tiene nada entre las manos.

Es sólo eso: una mancha en medio de la oscuridad.

Un día, el río fue negro.

Antes, claro, arrastraba un agua cristalina, o más o menos cristalina, sin duda inesperada.

Un río en medio del desierto, atravesando el pueblo más seco del mundo, a unos pocos metros de aquella estación de trenes que lo conectaba con los de afuera.

Al pueblo, al río.

Y a él, también, que se despierta ahí, en medio de la noche, con los ojos vendados.

El frío recorre su cuerpo —los brazos, lo siente

otro país, otros países, arriba el cielo, siempre abierto, transparente, aunque ahora completamente negro, perforado por esas luces que a veces, a cierta hora de la noche, pueden iluminar el desierto también: las estrellas, el movimiento de las estrellas, y un pedazo de luna quizás.

Hay palabras que están muertas, pero quién sabe si es culpa de ellas o de nosotros.

Chungungo, ¿qué vas a hacer con esas palabras?

ÍNDICE

MAPA DE LAS LENGUAS UN MAPA SIN FRONTERAS 2024

RANDOM HOUSE / CHILE
Tierra de campeones
Diego Zúñiga

RANDOM HOUSE / ESPAÑA
La historia de los vertebrados
Mar García Puig

ALFAGUARA / CHILE
Inacabada
Ariel Florencia Richards

RANDOM HOUSE / COLOMBIA
Contradeseo
Gloria Susana Esquivel

ALFAGUARA / MÉXICO
La Soledad en tres actos
Gisela Leal

RANDOM HOUSE / ARGENTINA
Ese tiempo que tuvimos por corazón
Marie Gouiric

ALFAGUARA / ESPAÑA
Los astronautas
Laura Ferrero

RANDOM HOUSE / COLOMBIA
Aranjuez

ALFAGUARA / ARGENTINA
Por qué te vas
Iván Hochman

RANDOM HOUSE / MÉXICO
Todo pueblo es cicatriz
Hiram Ruvalcaba

RANDOM HOUSE / PERÚ
Infértil
Rosario Yori

RANDOM HOUSE / URUGUAY
El cielo visible
Diego Recoba